만든 눈물
참은 눈물

▪ 이 도서의 국립중앙도서관 출판시도서목록(CIP)은
e-CIP 홈페이지(http://www.nl.go.kr/ecip)와
국가자료공동목록시스템(http://www.nl.go.kr/kolisnet)에서 이용하실 수 있습니다.
(CIP제어번호: CIP 2018016735)

만든 눈물
참은 눈물

이승우 **짧은 소설**

서재민 그림

마음산책

이승우

1959년 전남 장흥에서 태어났다. 1981년 〈한국문학〉 신인상을 받으며 등단했다. 장편소설 『에리직톤의 초상』 『생의 이면』 『내 안에 또 누가 있나』 『가시나무 그늘』 『그곳이 어디든』 『식물들의 사생활』 『한낮의 시선』 『지상의 노래』 『사랑의 생애』, 소설집 『구평목씨의 바퀴벌레』 『일식에 대하여』 『미궁에 대한 추측』 『목련공원』 『사람들은 자기 집에 무엇이 있는지도 모른다』 『나는 아주 오래 살 것이다』 『심인 광고』 『오래된 일기』 『신중한 사람』 『모르는 사람들』 등이 있다. 동인문학상, 황순원문학상, 현대문학상, 동서문학상, 대산문학상 등을 수상했다.

**만든 눈물
  참은 눈물**

1판 1쇄 발행 2018년 6월 20일
1판 2쇄 발행 2018년 7월 10일

지은이 | 이승우
그린이 | 서재민
펴낸이 | 정은숙
펴낸곳 | 마음산책

편집 | 이승학 · 최해경 · 최지연 · 성종환　디자인 | 이혜진 · 최정윤
마케팅 | 권혁준 · 김종민　경영지원 | 박지혜

등록 | 2000년 7월 28일(제13-653호)
주소 | (우 04043) 서울시 마포구 잔다리로3안길 20
전화 | 대표 362-1452 편집 362-1451　팩스 | 362-1455
홈페이지 | http://www.maumsan.com
블로그 | maumsanchaek.blog.me
트위터 | http://twitter.com/maumsanchaek
페이스북 | http://www.facebook.com/maumsanchaek
전자우편 | maum@maumsan.com

ISBN 978-89-6090-375-3 03810

그는 억지로 눈물을 만들어야 했고
또 애써 눈물을 참아야 했다.

이 책에 실린 짧은 소설들은 다른 소설들이 그런 것처럼 몇 줄의 메모에서 나왔습니다. 언제 발아할지, 어떤 나무가 될지 모른 채 씨앗의 형식으로 기다리고 있는 메모장 안의 모티프들. 그것들 가운데 어떤 것은 긴 소설이 되고 어떤 것은 짧은 소설이 됩니다. 메모 그대로 가공의 과정을 거의 거치지 않은 채 한 편의 소설이 되기도 합니다. 그런 작품이 여러 편 이 책에 들어 있습니다. 다른 작품의 모티프 역할을 했거나 할 가능성이 있는 것들도 몇 편 포함되어 있습니다. 처음에 산문으로 쓰였다가 소설로 몸을 바꾼 것들도 있습니다. 아예 '에세이 소설'이라는 이름으로 잡지에 연재한 작품들도 상당합니다. 10년쯤 전에 쓴 것도 있고, 일주일 전에 쓴 것도 있습니다. 물론 오래전에 쓴 것들도 다시 손을 댔습니다. 그러니까 여기 들어 있는 모든 글은 2018년 5월의 내가 쓴 것입니다.

카프카는 맞설 수 없는 상황에 맞서야 하는 실존의 아이러니를 우화 형식에 담은 짧은 소설을 여러 편 썼습니다. 톨스토이는 이 지상에서의 참된 삶에 대한 성찰을 민화 형식에 담은 짧은 소설을 여러 편 썼습니다. 카프카의 짧은 소설은 긴 질문지와 같고, 톨스토이의 짧은 소설은 긴 답지와 같이 내게는 느껴집니다. 잘 쓴 답지를 들여다보고 있으면 질문이 생기고, 잘 만들어진 질문지를 들여다보고 있으면 답이 떠오릅니다. 카프카는 질문을 통해 대답하고, 톨스토이는 대답을 통해 질문한 것이라고 할 수 있습니다. 아니면 카프카는 대답하기 위해 질문하고, 톨스토이는 질문하기 위해 대답했다고 할까요. 사실이 그렇다면 이들의 소설에서 질문과 대답은 구별이 되지 않습니다.

내 짧은 소설들이 카프카적 질문과 톨스토이적 대답을 담고 있다고는 차마 말하지 못하겠습니다. 그러나 그들의 진지한 질문의 방식과 대답을 향한 성실한 탐구의 태도가 나를 매혹했고, 이 글들을 쓸 때 내 가슴속에 있었다는 사실은 말해도 될 것 같습니다. 혹시 이 책을 읽은 누군가 수수께끼 같은 이 세상에 대한 짧은 질문이나 희미한 대답의 실마리라도 찾아냈으면 참 좋겠다, 하고 감히 바라게 되는 것은 그 때문입니다.

책을 만드는 동안 마음산책 편집팀의 성실하고 꼼꼼한 간섭을 여러 번 받았습니다. 책을 잘 만들어 독자와 만나게 하려는 열정이 퍽 감동적이어서 자주 내 원고의 질을 저울질해볼 기회가 되었습니다. 기분 좋은 간섭이었습니다. 고맙습니다. 인상적인 그림을 통해 이 책의 격을 높여준 서재민 작가께도 고마움의 인사를 드립니다.

2018년 여름

이승우

차 례

하려고 했던 다음 말

그들이 이해하게 된 그것은
그들이 이해할 수 없는 것이었다.

그 책은 아직 나오지 않았다

만든 눈물 참은 눈물

정황에 대한 이해가 충분하지 않은 상태에서, 애써 눈물을 참으려고 할 때의 얼굴 표정과 억지로 눈물을 만들려고 할 때의 얼굴 표정을 분간해내는 일이 가능할까? 불미스러운 어떤 사건에 연루되어 여론의 질타를 받던 한 영화배우가 기자회견을 하는 장면을 지켜보면서 케이는 그런 의문을 품었다.

"국민 여러분, 죄송합니다" 하고 큰절까지 한 영화배우는 특유의 비장한 목소리로 누구보다 자기가 자신을 용서할 수 없다고 말했다. 우발적이고 충동적인 사건이었지만 사회에 물의를 일으키고 많은 영화 팬에게 실망을 끼쳐드린 점을 깊이 반성하고 있으며, 자숙의 뜻으로 당분간 영화와 방송에 출연하지 않겠다고 약속도 했다. 그리고 나서 잠깐 침묵했다가 아내와 아이들의 이름을 부르고는 한동안 말을 잇지 못했다. 카메라는 고개를 약간 숙인 자세로 눈을 치켜뜨고 카메라를 응시하는 그의 얼굴을 클로즈업으로 잡았다. 곧 배우의 눈가가 촉촉해지고, 기자들은 기다렸다는 듯 다투어 플래시를 터뜨렸다. 그 사진에 대해 뉴스들은 영화배우가 가족을 떠올리며 눈물을 글썽였다고 전했다. 회한과 자책이 가득한 표정이었다고 쓴 신문도 있었다. 어떤 뉴스는 애써 눈물을 참느라 입을 악물었다는 식의 표현을 했다.

그 영화배우에게는 몹시 미안하지만, 그 뉴스를 접하는 순간 그의 얼굴 표정이 억지로 눈물을 만들어내려고 감정을 그러모을 때의 표정과 다르지 않다는 생각이 케이에게 불쑥 찾아왔다. 쏟아지려는 눈물을 힘들게 참아내고 있는 것으로 해석된 그 표정이 정반대로 나오지 않는 눈물을 억지로 만들어내려고 애쓰는 사람의 표정으로 해석해도 무방하다는 것은 무얼 뜻할까. 물론 그 영화배우가 나오지 않는 눈물을 억지로 짜내려고 힘들게 감정을 모으고 있었다고 단정하는 것은 아니다. 그렇게 단정할 근거는 없다. 눈물을 흘리는 것보다 흐르는 눈물을 애써 참는 편이 훨씬 호소력 있다는 걸 영화배우가 몰랐을 거라고 생각하지는 말자. 그가 억지로 울려고 했다고 단정하지도 말자. 그랬을 수도 있지만 그렇지 않았을 수도 있다. 진실은 알수 없는 것이고, 이 경우 해석은 정황, 더 분명하게는 정황에 대한 이해에 의해 결정된다. 그 점이 케이의 흥미를 끌었다.

요컨대 어느 쪽이든 연기라는 건 분명하다. 안 나오는 것을 '일부러' 나오는 것처럼 하거나 나오는 것을 '애써' 참는 척하거나 연기일 수밖에 없고, 감정을 배반한다는 점에서 이 연기는 자연에 반한다. '일부러'든 '애써'든 이 연기를 보는 일이 불편한 것은 그 때문이었다. 쏟아지려 하는 것은 쏟아지게 하는 것이 자연스럽고 나오지 않는 것은 내보내지 않는 것이 자연스럽다. 자연스러운 모든 것은 비의도적이고(자연에는 의도가 없으니까), 부자연스러운 모든 것은 의도적이다(문명은 의도의 산물이니까). 쏟아지려는 것을 쏟아지지 않게 막거나 나오지 않으려는 것을 나오도록 만드는 것은, 인간이 흔히 하고 인간만이 할 수 있는 짓인데, 그것은 인간이 비자연이기 때문이다.

생각을 거기까지 몰고 갔을 때, 케이는 나오려는 눈물을 애써 참고 있는 것으로 해석된 영화배우의 표정에 대한 의심이 어디서 시작되었는지 알 것 같았다. 그는 얼마 전에 오래 사귄 여자와 헤어졌다. 꽤 긴 연애를 끝내려고 하는 자리에서 케이는 그녀에게 사랑하지 않게 되어서가 아니라 불가피한 상황 때문임을 이해시키느라 공을 많이 들였다. 헤어져야 할 불가피한 상황을 꾸며낸 것은 물론 아니었다. 실제로 그들은 아무런 심리적 제약 없이 연애를 꾸려나가기가 어려운 처지에 있었다. 하지만 그 어려운 처지란 것이 갑자기 생겨난 것은 아니었다. 연애를 시작할 때부터 여자에게는 가정이 있었으므로 갑자기 어려운 상황이 생겼다고 말할 수는 없었다. 그러니까 상황이 달라진 것은 아니었다. 그렇다고 상황이 달라지지 않았는데 왜 상황을 핑계 삼느냐고 나무랄 수는 없다. 누구나 그렇듯 사랑을 시작할 때는 환상, 혹은 환상에 기반한 열정이 두 사람의 성격 차이나 처지의 어려움에 눈길을 주지 못하게 한다. 시간이 지나면서 환상과 열정이 빠져나가게 되면 남들과 다른 그들만의 상황(의 어려움)에 주목하게 되는 것은 자연스럽다.

그렇지만 자연스러운 것을 솔직히 표현하는 것이 언제나 좋다고 할 수는 없다. 케이는 열정이 사라졌으니 그만 만나자고 말하는 것은 사랑하는 사람에 대한 배려가 아니라고 생각했다. 그래서 그는 사랑의 감정은 처음과 조금도 다르지 않지만 이 위태위태한 연애를 계속 끌고 가는 것은 무책임하고 무엇보다 그녀에게 힘들고 고통스러운 일이라는 논리를 폈다. 그 자리에서 그는 매우 복잡한 감정을 담고, 자기의 논리에 동의해주기를 바라며 애인의 얼굴을 오랫동안 바라보았는데, 어느 순간 자기의 눈가가 촉촉하게 젖어들고 있다는 것을 느끼게 되었다.

의도한 것은 아니었다. 그러나 자기의 눈가가 촉촉하게 젖어들고 있다는 것을 의식하는 순간 믿을 수 없게도 그의 마음속으로 사랑하면서도 헤어져야 하는 운명의 가혹함을 고통스러워하며 쏟아지려는 눈물을 애써 참고 있다고(얼마나 멋진 남자인가!) 받아들여질 거라는 기대가 찾아왔다. 눈물을 흘리는 것보다 흐르는 눈물을 참는 것이 더 호소력 있다! 하지만 그때 그가 정말로 의도한 것은, 쏟아지려는 눈물을 애써 참고 있다고 믿어주기를 바라며, 그렇게 믿도록 하기 위해 나오지 않는 눈물을 억지로 만들어내는 것이었다. 그때 그는 자연을 거스

르는 연기자였다. 모든 부자연스러운 연기가 그런 것처럼, 보는 이를 불편하게 했을지언정 실패하지는 않았을 것이다. 그녀는 불가피한 상황으로 사랑을 포기할 수밖에 없는 비극적인 남자가 그 크고 깊은 슬픔 때문에 나오는 눈물을 애써 참고 있다고 믿는 듯했다. 적어도 케이는 그렇게 느꼈다.

그 순간 케이는 기묘한 경험을 했다. 의도한 대로 눈가에 물기가 어리고 정말로 눈물이 나오려고 하자 이번에는 눈물이 눈밖으로 흘러내리지 않도록 하기 위해 필사적으로 노력하는 자신을 발견했던 것이다. 그는 억지로 눈물을 만들어야 했고(왜냐하면 어쩔 수 없이 사랑을 포기해야 하는 가혹한 운명을 극적으로 표현해야 했으니까) 또 애써 눈물을 참아야 했다(참는 것이 흘리는 것보다 더 설득력 있게 전달되니까). 그러자 애초에 자기가 억지로 눈물을 흘리려고 한 건지 흐르는 걸 참으려고 한 건지 알 수 없는 상태에 빠져버렸다.

영화배우 역시 그와 유사한 경험을 하고 있다는 사실을 케이는 쉽게 알아차렸다. 그는 일부러 눈물을 만들어야 했고(왜냐하면 사죄의 뜻을 극적으로 표현해야 했으니까) 그것이 성공하자 이번에는 또 애써 눈물을 참으려고 했던(참는 것은 흐르는 것을 전제한다. 흘린 자만이 참을 수 있다) 것이다. 그리고 곧 자기가 정말로 원한 것이 무엇이었는지, 억지로 눈물을 만들려고 한 것인지 애써 눈물을 참으려고 한 것인지, 알 수 없어졌을 것이다. 억지로 만들려고 한 것 같기도 하고, 애써 참으려 한 것 같기도 했을 것이다. 어느 쪽이든 자연에 반하여 연기하려고 했다는 사실은 달라지지 않는다. 하지만 자기 연기에 제대로 속고 있는 사람이 누구보다 자신이라는 사실은 아마 모르고 있을 가능성이 높다고 케이는 생각했다. 왜냐하면 자기도 그랬으니까.

그는 갑자기 불편해졌다. 불편함 속에는 약간의 불쾌함도 섞여 있었다.

순간 숨어 있던 의문이 솟아났다. 그의 애인은 그가 '만든-참은' 눈물 앞에서 감동한 것이 아니라 다만 불편하고 불쾌했던 것이 아닐까. 그의 애인은, 그가 '만든-참은' 눈물에 설득당해서가 아니라 다만 불편하고 불쾌해서 떠난 것이 아닐까.

걸작의 탄생

어느 시점을 출생으로 볼 것인가에 대한 견해가 다양하다. 어머니의 몸에서 나오기 시작한 순간을 출생으로 보는 의견이 있는가 하면 태아가 이 세상에 완전히 나오기 전까지는 출생한 것이라고 할 수 없다는 입장도 있다. 이런 견해 차이 때문에 부분만 노출된 상태에서 사망했을 때 유아 사망이 되기도 하고 유산이 되기도 한다. 그런가 하면 아예 분만이 개시되는 때, 즉 주기적인 진통이 시작된 때를 출생으로 보는 견해도 있고, 보다 과격하고 근본적인 주장이지만 잉태의 순간을 출생으로 인정하자는 의견도 있다. 독립호흡설이라는 것도 있는데, 이는 태반에 의한 호흡을 마치고 자기 폐로 호흡하는 순간을 모체로부터 완전히 독립하는 것으로 보고 그때를 출생으로 인정하자는 입장이다.

걸작으로 평가받는 예술 작품의 경우는 어떨까. 걸작에 대해 말할 때 우리는 은연중에 그 작품의 창작자인 대가를 염두에 둔다. 말하자면 대가가 걸작을 그리거나 쓰거나 만들어서 세상에 내놓음으로써 출생이 이루어진다고 간주하는 것이다. 모체가 유아를 태어나게 하듯 대가가 걸작을 탄생시킨다는 것. 정말 그럴까?

『자정의 심연』이라는 케이의 소설은 5년 전에 출판되었다. 출판사에서 서점에 납품한 것은 350부였고 그중에 240부가 반품되었다. 그러니까 반품되지 않은 책이 모두 팔렸다면 총 판매 부수는 110권이 되는 셈이다. 다 아는 이야기지만 소비자와 독자는 다르다. 책을 구입한 모든 사람이 그 책을 읽는다고 단정할 수는 없기 때문에 실제로 그 책을 읽은 사람이 몇 명이나 되는지는 알 길이 없다. 그 책을 주목한 평론가는 한 명도 없었다. 책이 나왔을 때 한 신문에 '새로 나온 책'으로 몇 줄 소개된 것이 그 작품에 세상이 보인 반응의 전부였다. 그 책을 쓴 작가에 대한 정보도 전혀 알려지지 않았다. 설상가상으로 그 책을 낸 출판사는 몇 달 후 부도가 나서 사라져버렸다.

그런 소설이 갑자기 세간의 화제가 된 사연은 이러하다. 노벨문학상 후보로 자주 거론되는 한 원로 작가가 어떤 문학 행사에서 자기가 몇 년 새에 읽은 소설 가운데 가장 좋았다며 아무도 기억하지 못하는『자정의 심연』을 치켜세웠다. 그 원로 작가는『자정의 심연』을 인용하며 미래의 소설을 전망했다.『자정의 심연』의 문체와 구성, 화자의 어투가 다 새롭고 참신하다는 내용이었다. 도대체『자정의 심연』이 뭐야? 누가 쓴 거야? 제목도 처음 들어보는데.『자정의 심연』을 알고 있는 사람이 거의 없었기 때문에 그 행사에 참석한 사람들은 수군거렸다. 만일 그 원로 작가의 발언이 기사화되지 않았다면 그 책『자정의 심연』의 존재는 영원히 알려지지 않았을 것이다.

한 신문기자가 5년 전에 출판되었다가 거의 읽히지 않고 사라진 불운의 책을 찾아내 원로 작가의 강연 내용과 함께 소개했다. 그리고 예상하지 않은 일들이 연달아 일어났다. 얼마 후 문학작품을 각색해 여러 편의 영화를 만든 바 있는 한 중견 감독이 그 소설을 영화로 만들겠다고 나섰다. 소설 좀 읽는다는 독자들이 그 책을 찾아 중고 서점을 뒤지고 다녔다. 그리고 마침내 꽤 영향력 있는 문학 출판사 가운데 한 곳에서 나오자마자 출판사가 문을 닫아 독자들과 만날 기회를 갖지 못한 문제의 그 책을 재출간하겠다고 했다. 작가는 그 책을 낸 후 문단의 냉담한 반응에 충격을 받고 낙향, 토마토 농사를 짓고 있었다. 『자정의 심연』의 작가인 케이가 토마토 농사를 짓고 있다는 신문 기사가 나가자 여성지들이 그를 취재해서 소개했고, 한 텔레비전 방송국 카메라가 농장으로 달려가 벙거지를 쓰고 토마토를 따고 있는 그를 촬영했다. 케이는 여러 매체와 인터뷰를 했다. 그때마다 첫 소설을 낸 후 문단과 독자들이 보인 냉담한 반응으로 받은 실망과 새로운 창작에 대한 의욕을 열정적으로 표현했다. 다시 찍어낸 책이 슈퍼마켓 계산대 앞의 추잉껌처럼 팔려나갔고, 호의적인 리뷰들이 이어졌다. 몇 달 후 『자정의 심연』은 유수의 문학상 후보에 올랐다.

　작품을 쓰는 것이 작가라는 걸 누가 모를까. 그렇지만 걸작을 쓰는 것은 작가가 아니다. 작가는 작품을 쓸 뿐 걸작을 쓸 수는 없다. 작품의 탄생 시점을 집필을 시작하는 순간으로 보느냐 마지막 문장의 마침표를 찍었을 때로 보느냐, 아니면 구상이 시작된 순간으로 보느냐 그 책을 독자가 읽는 순간으로 보느냐는 견해 차이는 있을 수 있겠지만 그 작품이 작가에 의해 태어났다는 데에는 이견이 있을 수 없다. 그러나 걸작의 탄생은 다르다. 한 평론가는, 그가 그리거나 쓰거나 만든 작품이 걸작인지 아닌지는 작가로서는 알 수 없고 예측할 수도 없는 영역의 일이라고 단정해서 말했다. 작가는 작품을 만들 뿐 걸작을 만들지는 않는다는 뜻일 것이다. 엄밀히 말하면 이건 독립호흡설이라고 할 수도 없다. 걸작 스스로 호흡을 하는 게 아니니까. 의미를 부여하는 우연한 손길이 그야말로 뜻하지 않게 작품의 폐를 열어 걸작을 탄생시킨다고 해야 하지 않을까.

훼손

절판된 첫 창작집의 개정판 작업을 하던 소설가 유는, 출판사에서 보내온 교정지를 훑어본 후 작품집에 수록된 열 편의 단편소설 가운데 두 편을 빼자고 제안했다. 그 두 편의 소설이 도무지 마음에 들지 않았기 때문이다. 출판사에서는 그럴 필요가 있느냐고 반대했지만, 그대로는 도저히 책을 다시 내지 못하겠다는 작가의 단호한 뜻을 무시하지 못했다. 그가 자기 소설에서 마음에 들지 않는다고 한 것은 청춘을 대단한 훈장이라도 되는 양 치켜들고 있는 과장된 몸짓과 알맹이 없는 포즈였다. 그는 마흔다섯 살이었다. 처음에 288페이지였던 그 작품집의 개정판은 248페이지로 줄어들었다. 무슨 이유인지 모르겠으나 그 책에 대한 독자들의 반응이 나쁘지 않아서 1년에 한두 번씩 쇄를 찍었다.

5년이 흐른 후 유는 그 작품집에서 다시 두 편을 들어냈다. 이번에는 그 소설들이 보수적이고 반개혁적이라는 이유를 내세웠다. 그사이 그는 혁명적 조세정책과 토지 공개념 실현을 슬로건으로 내세운 한 진보 정당 지도자의 열렬한 지지자가 되어 있었다. 책은 176페이지가 되었다. 176페이지짜리 책에 대한 반응은 좋지도 나쁘지도 않았다. 그 책이 얇아진 사실에 관심을 보이는 독자는 한 명도 없었다.

그리고 7년이 지난 후 작가는 거기서 다시 두 편을 추려냈다. 96페이지짜리 책을 창작집의 개정판이라고 내야 할 상황에 처한 출판사는 당황했고, 편집회의를 했고, 주변의 의견을 물었고, 그럴 수 없다는 결정을 내렸고, 작가를 설득하기로 했다. 그러나 다른 때와 마찬가지로 이번에도 작가는 고집을 굽히지 않았다. 설득에 지친 편집자들 사이에서 이번에는 두 편을 들어내야 하는 이유가 뭐냐는 질문이 당연히 나왔다. 작가는 그 두 편에 무신론적이고 신성모독적인 내용이 담겨 있기 때문이라고 대답했다. 1년 전에 그가 어떤 종교의 신자가 되었다는 사

실을 아는 사람들은 실소했다. 그러나 어쨌든 그 책은 96페이지짜리 개정판이 되어 나왔다.

하지만 그 책은 5년 동안만 유통되었다. 출판사는 시중에 남아 있는 96페이지짜리 유의 책을 모두 거둬들이고 절판시켜야 했는데, 3년간의 투병 끝에 세상을 떠난 그가 죽기 직전 새로운 개정판에 자기 소설을 한 편도 넣지 말라고 유언했기 때문이다. 그 책에 수록된 작품 가운데 죽음에 맞설 소설이 하나도 없다는 것이 그 이유였다.

후일담이 하나 있다. 새로운 개정판에 자기 소설을 한 편도 넣지 말라는 유의 유언을 해석하는 과정에서 어떤 이는 그가 개정판을 내지 말라고 한 것이 아니라 오히려 개정판을 내달라고 요청한 것이라는 의견을 냈다. "새로운 개정판에는 이 소설들을 하나도 넣지 마세요." 이 문장은, 자기 소설들을 넣지 말라고 했지 개정판을 내지 말라고 하지는 않았다는 해석을 낳았다. 출판사에서는 백지로 된 창작집 개정판을 낼 것인가를 심각하게 고려했었다. 하마터면 독자들이 소설이 한 편도 실리지 않은 유의 작품집을 사 읽을 뻔했다는 이야기다.

최선의 문장

이것은 또 다른 작가 수의 이야기다. 그 역시 절판된 채 있던 장편소설의 개정판을 내자는 제안을 출판사로부터 받고 응했다. 출판사는 곧바로 작업을 시작했는데, 수에게 배달된 교정지가 기한을 넘겨 오랫동안 돌아오지 않았다. 담당 편집자가 전화를 해서 확인할 때마다 아직 교정을 보고 있다는 대답이 돌아왔다. 작가가 워낙에 꼼꼼한 성격이라는 걸 아는 편집자들은 인내를 가지고 기다리기로 했다. "고칠 게 너무 많아요. 도저히 그대로 보낼 수가 없네요." 수는 그렇게 말했고, 출판사는 15년 전에 쓴 소설이니 그럴 수 있다고 이해하고 기다렸다. 작품을 쓸 때와 많은 것이 달라졌을 것이다. 시대도 달라지고 생각도 달라졌을 것이다. 손보고 싶은 데가 많을 것이다. 그래도 그렇지 원고는 돌아올 줄 몰랐다.

출간 일정이 자꾸만 미뤄졌다. 달을 넘기고 해를 넘겼다. "고치는 게 쓰는 것보다 더 어렵네요." 거듭되는 편집자의 채근에 수는 그렇게 대답했다. 고치는 게 쓰는 것보다 어렵다는 말은 거짓이 아니었다. 그는 고치고 또 고쳤다. "고치고 나서 보면 또 고칠 게 보여요." 그것도 사실이었다. 실제로 그는 그 장편소설을 쓰는 데 걸린 시간보다 훨씬 많은 시간 동안 교정지와 씨름했다.

기다리다 지친 편집자가 개정판 출간을 거의 포기하고 있을 무렵 교정지가 돌아왔다. 그가 받은 교정지는 아주 작은 글씨로 빈틈이 없을 정도로 빽빽하게 채워져 있었다. 초판본의 문장 가운데 그대로 남아 있는 것은 거의 없었다. 통째로 들어낸 단락이 수두룩했고, 더 많은 단락이 통째로 추가되어 있었다. 수가 보내온 교정지는 초판본의 원고와는 많이 달랐다. 누가 보아도 전혀 다른 소설이었다. 제목은 그대로였지만 거의 모든 문장이 바뀌고 내용도 달라져 있었다.

이것을 개정판 소설이라고 할 수 있는가. 출판사는 회의를 여러 번 하고 몇 명의 평론가와 소설가에게 조언을 구했다. 15년 전에 쓴 소설과 같은 소설이라고 볼 수 없다는 것이 읽은 이들의 일치된 의견이었다. 같은 것은 제목밖에 없는데 제목이 같다고 같은 소설이라고 할 수는 없다는 것, 같은 소설이 아니므로 같은 제목을 붙이는 것은 독자를 현혹하는 일이라는 것이었다. 읽어본 모든 사람이 개정판이 아니라 신작이라는 데 동의했다. 출판사는 신작 소설로 소개하기로 하고 작업을 진행했다. 그러나 작가는 동의하지 않았다. 그는 그 소설이 자신이 15년 전에 펴낸 장편소설의 개정판이지 새 소설이 아니라고 주장했다. 문장이 바뀌고 내용이 달라졌어도, 달라지기만 했을 뿐 다른 소설은 아니라고 우겼다. 문장이 바뀌고 내용이 달라진 것은 교정을 봤기 때문이라고 우겼다. 자기가 이번에 한 일은 새로운 소설을 쓴 것이 아니라 교정을 본 것에 지나지 않다고 우겼다.

출판사는 작가를 설득할 수 없었다. 꽤 오랜 줄다리기 끝에 타협안이 만들어졌다. 작가는 교정을 한 번 더 보기로 했다. 이 안을 낸 이는 편집 경력 25년의, 수를 잘 아는 편집자였는데,

그는 기회가 있을 때마다 반복해서 원고를 고치는 것으로 유명한 수가 한 번 더 기회를 주면 이번에도 또 손을 댈 거라고 확신했다. 그리고 다시 손을 댄다면, 장담할 수는 없지만 의외의 결과가 생길 수도 있을 거라는 막연한 기대를 품었다. 우연한 행운을 기대하는 심리와 유사했다.

그의 확신과 기대는 어긋나지 않았다. 이번에도 수는 오랫동안 교정지를 가지고 있었다. 고치고 또 고쳐도 고칠 것이 또 보인다는 말을 반복한 끝에 여섯 달 만에 돌아온 교정지는 지난번과 마찬가지로 아주 작은 글씨로 빈틈없이 새까맣게 채워져 있었다. 그런데 돌아온 원고가 낯설지 않았다. 편집자는 그 교정지의 문장들이 맨 처음 소설에 들어 있던 것과 아주 유사하다는 사실을 발견했다. "이제야 교정을 본 것 같군." 기대했던 우연한 행운을 맞이한 편집자는 만족스러운 미소를 띠고 중얼거렸다.

작가들은 자기가 전에 쓴 글을 늘 불만스러워하고 그래서 기회가 있을 때마다 자꾸 손을 대지만, 아무리 손을 대도 만족스러울 수 없고 그 작업이 반드시 더 좋은 쪽으로 진행되는 것도 아닌데, 그것은 처음 집필할 때 그가 쓸 수 있는 최선의 문장을 찾아 쓰기 때문이라는, 대부분의 편집자가 아는 사실을 아는 작가들은 많지 않다.

독자들이 수가 쓴 같은 제목의 다른 책 두 권을 읽게 된 사연이 이러하였다.

읽지 않은 것으로부터

이것은 또 다른 소설가 와이의 이야기다. 그는 신작 소설을 쓸 때마다 자기가 쓰고 있는 것과 똑같은 소설을 전에 어디선가 읽어보았다는 생각이 드는 바람에 글을 쓰지 못하게 된 소설가다. 괜찮은 발상이 떠올라 구상을 하고 소설을 써나가다 보면 어느 순간 문득 누구인지는 모르지만 누군가에 의해 이미 쓰인 소설을 똑같이 쓰고 있다는 생각이 드는 바람에 글을 쓸 수 없다고 그는 하소연했다. 그렇게 되면 쓰던 소설을 중단하고 곧바로 그것이 누구의 작품인지 찾아내는 일에 몰두할 수밖에 없다는 것이었다. 누군가 그에 앞서 먼저 쓴 게 분명하다는 의심할 수 없는 의구심에도 불구하고 누구의 어떤 작품인지가 분명하게 떠오르지 않는다는 것이 문제였다. 작가 이름이 어렴풋이 떠오르는 경우가 있긴 했다. 그러면 그 작가가 쓴 모든 소설책을 샅샅이 찾아 읽어야 했다. 그 일은 시간이 많이 들고 힘도 들었다. 그 작가가 다작의 작가거나 절판된 책이 많은 작가인 경우는 특히 힘들었다. 물론 어떤 경우에도 와이가 쓰려고 하는 것과 같은 소설은 발견되지 않았다. 그렇다고 의혹이 사라지지는 않았다. 자기가 찾아내지 못했을 뿐, 어디엔가 틀림없이 자기가 쓰려고 하는 것과 같은 소설이 존재할 거라는 굳은 믿음. 의혹은 어느새 믿음이 되고, 그는 더 이상 쓸 수 없어 쓰던 소설을 번번이 중단해야 했다. 그가 본의 아니게 절필하게 된 사연이었다.

한 문학잡지에 실린 그의 소설집 서평으로부터 이런 강박증이 비롯했다. 대학에서 문학 이론을 가르치고 각종 문학상 심사위원으로 자주 불려 다니며 세 권의 책을 낸 비평가기도 한 그 잡지의 편집위원이 쓴 글이었다. 그 글에는, 소설가 와이의 단편소설 하나가 원로 작가인 제이 씨의 것과 흡사하다는 문장이 들어 있었다. 배경과 인물, 구체적인 에피소드는 다르지만 중심 사건과 서술 방식이 많이 닮아 있어 놀랍다는 지적이었다. 비평가는 세대와 작품의 경향이 상이한 두 작가의 작품에서 그와 같은 유사성을 발견하는 일이 흥미롭다는 식으로 글을 마쳤는데, 우회해서 말하고 있지만 두말할 것 없이 표절 의혹을 제기하고 있다는 걸 와이는 눈치챘다. 그 글에 거명된 원로 작가 제이 씨의 단편소설을 읽은 적이 없기 때문에 와이는 황당했다. 사실을 말하면 그는 제이 씨의 소설 세계를 그다지 좋아하지 않아서 거의 읽은 것이 없었다. 읽지도 않은 소설을 베끼는 것은 불가능하다. 만일 읽은 적이 있다면 무의식중에라도 혹시 어떤 부분이 끼어들 가능성이 있겠지만, 읽지도 않았는데 그럴 수는 없다는 것이 그의 생각이었다. 그는 그 평론가가 무언가 잘못 짚은 게 틀림없다고 생각했다. 와이는 억울했고 화가 났고 자신의 결백을 증명하기 위해 제이 씨의 소설을 찾아 읽었다.

소설을 읽고 비평가의 오류를 지적할 작정이었던 그는 독서 후 당혹과 혼란에 빠져들었다. 제이 씨의 소설은, 자기가 쓴 소설을 읽고 있는 것 같은 착각이 들 정도로 비슷한 데가 많았다. 특히 어떤 사물을 표현하기 위해 동원된 문장에 사용된 단어가 거의 같았다. 읽지 않은 소설로부터 영향을 받는 일이 가능한 것일까. 그는 평론가에게 하려던 항의를 중단할 수밖에 없었다.

그때 이후로 소설을 구상하거나 쓰는 중에 불쑥불쑥 그의 마음 깊은 곳에서 솟구쳐 올라온 은밀한 목소리와 번번이 맞닥뜨렸다. 목소리는 그의 귀에 대고 속삭였다.

그거, 누군가 벌써 썼어. 프랑스 작가가 쓴 소설일걸 아마. 기억이 안 나는 모양인데 언젠가 읽었을 거야. 기억이 나지 않을 정도로 오래전일지 모르지만 어쨌든 읽었을 거야. 설령 안 읽었다고 해도, 그의 소설 중에 그런 게 있는 건 맞아. 그가 쓰지 않았다면 다른 작가가 썼겠지. 어쨌든 어딘가 그것과 똑같은 소설이 있는 건 확실해. 세상 이야기가 거기서 거기야. 특별한 게 어딨어? 없을 리 없지. 공연히 헛고생하지 말라고.

그런 목소리를 듣고 나면 계속 쓸 수 없었다. 소설가 와이는 그 즉시 글쓰기를 중단하고, 자기가 쓰고 있는 것과 같다고 추정되는, 그가 혹시 읽었을지도 모르는, 누군가에 의해 이미 쓰였을 소설을 찾아다녀야 했다. 그때부터 지금까지 와이의 상태가 그러하다.

독자들이 그의 소설을 다시 읽을 날이 올까? 무슨 일이든 장담하는 건 어리석은 일이지만, 그럴 가능성은 거의 제로에 가깝다는 게 내 생각이다. 이유는 이렇다. 만일 그가 구상 중이거나 쓰고 있는 것과 같은 소설이 누군가에 의해 이미 쓰여 있다는 걸 확인하게 된다면, 그는 이미 쓰인 걸 확인했으니 쓸 수 없을 것이다. 만일 그런 소설을 찾아내지 못한다면 어딘가에 있을지 모르기 때문에 쓸 수 없을 것이다. 찾아내지 못했다는 것은 찾아내야 한다는 것이지 없다는 것과 같은 말이 아니기 때문이다. 이 세상에 있는 소설들을 모조리 찾아 읽는 방법이 있긴 하다. 그러나 그것은 사실상 불가능하다. 평생 읽기만 해도 시간이 모자랄 것이다. 이래저래 그는 소설을 쓸 수가 없는 것이다.

오역

W국의 언어로 번역된 소설가 큐의 장편소설은 W국 문학 독자들로부터 큰 호응을 얻고 현지에서 주는 꽤 권위 있는 문학상을 받았다. 그 작품이 문학상을 받을 만한 작품이라는 데 이의를 제기하는 사람은 없었다. 그런데 얼마 후 그 작품 번역의 문제점을 지적하는 주장이 제기되었다.

오역을 지적한 이들의 주장에 의하면 번역자는 꽤 많은 문장을 도려내고 원작에 없는 문장을 추가했다. 이중의 의미를 가지고 있는 단어를 잘못 이해해서 엉뚱하게 번역한 경우도 있고 주어를 바꾼 것도 있다고 했다. 오역을 지적하는 사람들은 번역자의 한국어 실력을 의심하고 문화적 우월주의와 거기서 비롯한 오만을 지적했다. 해외에서 반응이 좋았던 작품이라 그런지 이 이의 제기는 곧바로 이슈가 되었다. 번역을 테마로 한 세미나가 열리고 한 문학잡지는 기획 기사를 실었다. 신문도 이 논쟁에 뛰어들었다. 도착 언어의 가독성과 번역자의 창의적 해석의 중요성을 앞세워 번역자를 옹호하는 글들이 원작의 내용과 의미를 훼손한 오만한 번역에 대한 신랄한 질타와 부딪쳤다. 문장 하나하나를 일일이 비교하며 오역의 구체적 예를 제공하는 독자들도 생겨났다. 그 가운데에는 적절하지 않거나 굳이 할 필요가 없는 지적도 물론 많았다. 진지하지 않은 댓글과 비난을 위한 비난이 끼어들었다. 논쟁은 미묘한 흐름을 타고 문학작품의 번역 불가능성을 거쳐 번역 무용론으로 과격하게 확산되어갔다.

이 들끓는 오역 논쟁을 잠재우기 위해 원작자인 소설가 큐는 자기 소설의 개정판을 출간할 거라고 선언했다. W국의 언어로 번역 출판된 책의 개정판이 아니라 국내 소설의 개정판을 내겠다는 그 아이디어는 문학 기사를 20년째 쓰고 있는 C일보의 문학 전문기자 박이 어떤 술자리에서, 자조를 재치에 섞어 시니컬하게 한 말에서 비롯되었다. 그는 이렇게 말했다. "어렵게 생각할 거 없어요. W국 언어로 번역된 책의 내용에 맞춰 큐 씨가 그 소설을 고쳐 쓰면 간단히 해결되는 문제예요. 오역에 맞게 한국어로, 그러나 오역하지는 말고 개정판을 내는 거지요."

그 책은 아직 나오지 않았다. 작가가 고심하고 있다는 뜻이겠다. 출간된다면, 그 소설은 아마 원작을 번역한 소설을 원작으로 삼아 쓴 최초의 소설이 될 것이다. 그럴 때 이 소설을 개정판이라고 하는 것이 옳을까? 차라리 번역 소설이라고 불러야 하지 않을까?

말하려 한 것과 말해진 것 사이의 거리

　말하려고 하는 것과 말해진 것 사이의 거리에 대해 그는 자주 생각했다. 그는 이 세상의 영리한 수학자들이 달려들어 풀어야 할 시급하고 중요한 분야가 이 영역, 말해진 것과 말하려고 한 것 사이의 거리를 측정하는 일이라는 입장을 견지하고 있다.

　그가 그런 입장을 갖게 된 데에는 어쩌면 사소할 수 있는, 지극히 개인적인 사연이 있다. 대화 중에 자기 입에서 나온 말이 자기가 하려고 했던 말이 아니었다는 사실을 깨닫고 당황한 적이 한두 번이 아니었다. 자기는 그럴 뜻이 없었는데 자기 말을 듣고 화를 내는 사람도 있고 감격하는 사람도 있었다. 그럴 때면 그는 자기 입에서 나온 말이 정말로 자기가 하려고 했던 말이 아니었다는 사실을 깨닫고 후회하곤 했다. 그러나 입 밖으로 나온 말 대신 정작 자기가 하려고 했던 말이 무엇이었는지는 잘 떠오르지 않아서 당황스러웠다. 다른 단어들을 조합해서 여러 차례 발음해보았지만, 어떤 것도 딱 들어맞는 것 같지 않았다.

말하려고 하는 것은 왜 말하려고 하는 것 그대로 말해지지 않는 것일까. 그가 가지고 있는 어휘가 부족해서기도 하고, 언어가 본래 그런 한계를 가지고 있어서기도 할 것이다. 그러나 그런 뻔한 이유 말고 무언가 다른, 보다 그럴듯한 이유가 있을 거라는 생각이 그를 괴롭혔다.

이를테면 그는 자기가 말하려고 하는 것이 말하려고 하는 주체의 의지에도 불구하고, 말해지지 않으려고 필사적으로 버틴다는 식의 상상을 했다. 바꿔 말하면 주체는 어떤 말을 하려고 하면서 동시에 그것이 말해지지 않기를 바라는 이중 감정 상태에서 혼란을 겪는다는 식이었다. 혹은 말하지 않는 방식으로 말하려고 한다고 할까.

그런데 그것이 가능하기는 한 걸까? 그러고 보면 이것은 수

학자들만의 영역이 아니라 심리학자들의 영역이기도 한 것 같다. 수학심리학 혹은 심리수학이라는 것이 존재하지 말란 법도 없지 않은가.

먹지 않거나 굶거나

원하는 것을 하지 못하는 경우와 원하지 않는 것을 해야 하는 경우 중에 더 고통스러운 것은 어느 쪽일까. 한 연구 기관에서 이 의문을 풀기 위한 매우 기초적인 실험을 한다며 먹성 좋은 성인 열 명을 모집했다.

첫 번째 실험에서 실험 대상자 열 명을 이틀 동안 굶긴 다음 여러 가지 맛있는 음식(실험 전에 피실험자들이 좋아하는 음식을 미리 조사했다)을 눈으로 바라만 보며 한 시간을 견디게 했다. 이어서 두 번째 실험을 했는데, 이번에도 같은 실험 대상자 열 명을 이틀 동안 굶긴 다음 여러 가지 맛있는 음식을 눈으로 바라만 보며 한 시간을 견디게 했다. 첫 번째 실험에서 피실험자들은, 당신들은 저 맛있는 음식들을 먹고 싶겠지만 절대로 먹으면 안 된다는 지시를 받았다. 두 번째 실험에서 그들은, 당신들은 저 맛있는 음식들을 눈앞에 두고 굶고 싶지 않겠지만 굶어야 한다는 지시를 받았다. 그들은 지시를 잘 수행했다. 첫 번째 실험에서는 먹지 않았고, 두 번째 실험에서는 굶었다.

실험이 끝난 후 먹지 않는 것과 굶는 것 가운데 어떤 쪽이 더 고통스러웠는지 물었다. 대답이 똑같지는 않았지만, 먹지 않는 것보다 굶기가 더 힘들었다는 답이 훨씬 많았다. 그들은 먹지 않는 것과 굶는 것이 같은 행위에 대한 다른 표현이라는 것을 적어도 그 자리에서는 의식하지 못하는 것 같았고, 뿐만 아니라 그 실험이 말의 선택에 따른 감정의 움직임을 알아보려는 언어심리학적 실험이었다는 사실을 눈치챈 사람은 한 명도 없었다.

센티멘털 이타주의

　일요일 아침이었다. 아파트 복도 난간에 비둘기 한 마리가 날아와 서성거렸다. 비둘기는 쓰레기 분리수거가 잘 이루어지는 도심의 주택가에서 먹이를 구하지 못한 듯 비쩍 마르고 털이 부스스했다. 거기다가 어디서 다쳤는지 다리까지 절었다. 모처럼 9시가 넘은 시간에 일어나 새벽에 배달된 우유와 신문을 가지러 문을 열고 나온 케이는 복도 난간에 앉아 두리번거리고 있는 비둘기를 보았다. 집 앞에 웬 비둘기? 그는 쫓아버리려고 두 겹으로 접힌 신문지를 흔들다가 문득 비둘기의 붉은 눈과 마주치고 말았는데, 그 눈이 어쩐지 슬프고 애처롭다고 느꼈다. 자기에게 무슨 도움인가를 요청하는 것처럼 보여서 움찔했다. 살아오면서 슬픔이나 외로움 같은 감정을 느껴본 적이

별로 없고, 자선이나 동정을 일종의 위선이라고 생각하는, 자신의 능력에 대한 자부심이 이만저만이 아닌 독신의 펀드매니저는 약간 당황했고, 그와 유사한 상황에서 대부분의 사람이 그렇듯 비둘기의 시선을 피해 집 안으로 들어가버렸다.

여느 때와 마찬가지로 식빵을 구워 우유와 함께 먹고 신문을 읽는 동안, 그는 여느 때와 달리 현관문 쪽에서 끌어당기는 어떤 힘을 느꼈다. 무시하려고 해보았지만 잘되지 않았다. 그는 보던 신문을 접고 일어나 현관의 렌즈스코프에 눈을 대고 바깥의 동정을 살폈다. 그 순간 비둘기의 눈과 그의 눈이 다시 마주쳤다. 그는 이번에도 움찔 놀라 뒤로 물러났다. 그가 바깥을 내다보고 있다는 걸 알 리 없는데도 비둘기는 난간에 우두커니 앉아 이쪽을 보고 있었다. 여전히 슬프고 애처로운 눈빛이었다.

거참, 비둘기 눈이 왜 저렇게 슬퍼. 못 본 척할 수 없게 만드네. 그는 그답지 않게 센티멘털해져서 현관문을 열고 나와 자신이 먹던 식빵을 조각내서 던져주었다. 평소 유치하고 거북한 감정이라고 생각하고 있던 센티멘털리즘이 이타적 행동을 유

발하기도 한다는 사실이 그를 의아하게 했지만 그처럼 사소한 이타적 선행이 그에게 일종의 도덕적 만족감(그 역시 센티멘털한 거지만)을 선물한 것은 의외였다. 그는 갑자기 유쾌해져서 휘파람까지 불며 남은 빵 부스러기를 모두 던져주고 비둘기가 먹는 모양을 한참이나 지켜보았다. 구구거리는 비둘기 소리가 그에게 고맙다고 인사하는 것만 같았다. 그것도 나쁘지 않았다.

오후에 기분 좋게 낮잠을 자고 일어난 케이는 산책을 하기 위해 현관문을 열었다가 깜짝 놀랐다. 난간과 복도에 대여섯 마리의 비둘기가 구구 소리를 내며 서성이고 있었다. 그가 나타나자 하나같이 고개를 주억거리며 호소하는 눈빛으로 그를 바라보았다. 아침에 그가 본 비둘기의 눈빛과 같았다. 사람을 경계하는 것 같지도 않았다. 그 가운데 어떤 놈이 아침에 그에게 빵을 얻어먹은 비둘기인지 알 수 없었다. 아마도 그놈이 자기 가족이나 친구들을 데려왔으리라. 207동 809호에 가면 잘 구운 식빵을 먹기 좋게 부숴서 던져주는 마음씨 좋은 남자 인간이 있다고 광고라도 했는지 모르지. 그러나 이번에는 동정심이 생기지 않았다. 센티멘털리즘이 가동하지 않은 탓이었다. 감상에 빠지기에는 그의 도움을 필요로 하는 새들의 숫자가 너무 많았다. 아니, 숫자가 주는 부담감 때문만은 아니었다. 그는 그 많은 불청객들이 난간과 복도에 싸질러놓은 허여멀건 똥들을 보고 말았던 것이다. 똥은 센티멘털리즘과는 도무지 상관없는 너무나 사실적인 물질이었다. 그걸 보고도 센티멘털리즘을 유지한다는 것은 쉬운 일이 아니었다. 제기랄! 이렇다니까. 이래서 감상적이 되면 안 되는 거라고.

기분이 언짢아진 펀드매니저는 팔을 휘저어 비둘기들을 쫓았다. 비둘기들은 날개를 푸드득거리며 조금 움직이긴 했지만 그곳을 쉽게 떠나려 하지 않았다. 그는 소리를 지르고 발을 구르고 위협하며 날려 보냈다. "가. 이놈들아. 가. 꺼지라고." 비둘기들은 아쉬운 듯 뒤뚱거리며 쫓기다가 마지못해 날아갔다.

아마도 아침에 그의 센티멘털 이타주의의 덕을 본 놈으로 추정되는 비둘기 한 마리가 할 말이 있다는 듯 저만치 난간에 피해 앉아 고개를 외로 틀고 그를 바라보았다. 왜? 하고 묻는 듯한 표정이었다. 그 비둘기는 자기처럼 배고픈 동료들을 데리고 온 자신의 이타주의가 왜 비난을 받아야 하는지 궁금해하는 듯했다. 그럼 나 혼자만 배불리 먹고 배고픈 동료들은 모른 체하란 말이야? 인간들의 이타적 행동이 거의 대부분 센티멘털리즘의 소산이라는 걸 그 불쌍한 비둘기는 이해할 수 없었던 것이리라.

없는 게 없어요

밥하는 법도 모른 채 시집온 여자는 신혼 초에 콩나물국을 끓이면서 친정어머니와 긴 통화를 했다. "물을 얼마만큼 넣으라고? 알았어…… 그러고? 물이 팔팔 끓으면 뭘 해? 콩나물을 넣어? 간은 뭘로 해? 소금? 얼마나?……" 통화는 콩나물국이 완성될 때까지 이어졌다. 무선전화기가 없었다면 어쩔 뻔했는지. 콩나물국을 끓이는 데 그런 법석을 떨었으니 다른 것이야 말해 뭘 하겠는가. 그녀의 남편이 결혼 초기에 먹은 음식들은 대부분 친정어머니의 원격조종으로 이루어졌다. 그런 걸 다 장모님께 묻느냐고 통박하는 남편에게 그녀는 콩나물국을 맛있게 끓이기가 보통 어렵지 않다고, 그게 마치 무슨 궁중요리라도 되는 양 응수했다. 남편도 웬만큼은 그 말에 동의하지 않을

수 없었다. 맛있게 끓이는 거야 물론 어렵지. 그 말은 속으로만
했다.

집들이 음식을 준비할 때 그녀는 초긴장 상태였다. 일주일
전부터 계획을 세우고 장을 보고 집들이 날 온종일 음식을 만
들었다. 물론 이번에도 서울에서 200킬로미터 떨어진 남쪽에
사는 장모님의 도움은 필수였다. 그날 그녀가 온종일 부엌에서
음식을 만들었다는 건 의심 없는 사실이다. 그녀는 최선을 다
했다. 그녀는 정말 하루를 전부 바쳐 음식만 만들었다. 그녀의
친정어머니 역시 전화를 붙들고 종일 시달렸다.

남편이 직장 동료들을 데리고 집에 도착했을 때도 그녀는 부
엌에 있었고, 아직 만들어지지 않은 음식 재료들이 곳곳에 널
려 있었고, 만들어놓은 음식은 타거나 설익어서 먹기 어려웠
다. 일곱 명이나 되는 남편 직장 동료들의 그날 저녁 식사는 결
혼 생활 5년 차인 김 대리의 도움을 받아 그들이 신혼집에 방
문한 지 한 시간이 지나 겨우 할 수 있었다. 준비한 음식 재료
에 비해 먹을 만한 요리는 없었지만 시장해서 그랬는지 처음
손님을 치른 새댁을 격려하기 위해서 그랬는지 음식을 남긴 사

람은 없었다.

호되게 혼이 난 그날 이후 집에서 손님 맞을 일이 있으면 그녀는 아예 친정어머니를 불러올렸다. 예고 없이 들이닥쳐도 집에 있는 재료만 가지고 뚝딱 입에 맞는 음식을 내놓는 장모님의 하나밖에 없는 딸이 왜 그렇게 음식 솜씨가 없는 건지, 유전자 검사를 해보고 싶다는 말을 그녀의 남편은 가끔 했다.

그런 그녀도 이제 집에 있는 재료만으로 순식간에 입에 맞는 음식을 내놓을 정도로 음식 솜씨가 늘었다. 그도 그럴 것이 그녀는 올해 초에 며느리를 봤다. 30년 동안 음식을 직접 만들어 먹으며 살아온 것이다. 아들과 동갑내기인 며느리는, 자기가 시집올 때 그랬던 것처럼 집안 살림엔 젬병인 것으로 보였다. 음식 만드는 솜씨라고 30년 전의 자기보다 나을 리 없었다. 그녀는 그런 걸 개의치 않았다. 그녀에게 며느리 될 아이가 음식을 잘 못 만드는 것은 흠이 아니었다. 아니, 그 정도가 아니었다. 직접 표현하지는 않았지만, 초보 주부인 며느리에게 음식 만드는 법을 코치할 기대로 은근히 설레기까지 했다. 며느리의 어머니가 일찍 돌아가셔서 이 세상에 없는 것이 다행이라는 생각이 들 정도였다. 그녀는 자기를 친어머니처럼 생각하라는 말을 여러 차례 했고, 도움이 필요할 때 언제든 달려갈 의향이 있다는 의사도 비쳤다.

그랬으므로 신혼 초의 며느리가 전화를 걸어 도움을 청하지 않은 것이 내심 섭섭하고 의아스러웠다. 집들이도 있을 테고, 아무리 맞벌이 부부라고 해도 집에서 밥을 전혀 해먹지 않을 리는 없을 텐데……. 시어머니인 자기를 어려워해서 그러는 모양이라고 짐작하면서도 자기 아닌 다른 누구의 도움을 받는 게 아닌가 하는 의심이 들자 섭섭하다 못해 언짢기까지 했다.

며느리가 누군가의 도움을 받는 건 맞았다. 며느리의 전화를 기다리다 못해 그녀가, 음식 만들다가 물어보고 싶은 게 있으면 주저하지 말고 언제든 전화를 걸라고 말했을 때 며느리는 대답했다.

"고마운데요, 그럴 필요 없어요, 어머님. 뭐든 인터넷에 물어보면 돼요. 인터넷을 열면 레시피가 무궁무진해요. 없는 게 없어요."

그럴 이유가 없는데도 그녀는 알 수 없는 질투심과 함께 묘

한 슬픔을 느꼈다. 샐러드나 파스타 만드는 법은 물론 콩나물
국 끓이는 법까지 인터넷에서 쉽게 찾아볼 수 있다는 것이 아
닌가. 요리법만이 아니다. 사는 데 필요한 모든 것을 먼저 산
어른으로부터 직접 배우는 것이 아니라 책과 텔레비전, 특히
인터넷을 통해 간접적으로 배우는 새로운 현실이 실감 나지
않았다.

인류는 삶에 필요한 중요한 이야기들을, 심각한 것이든 가벼
운 것이든, 사유 체계에 대한 것이든 일상적인 것이든, 구전을
통해 전달해왔다. 기본적으로 구전은 대면을 전제로 한다. 목
소리는 성대를 타고 올라와 입안의 혀의 움직임을 통해 밖으로
나온다. 성대와 혀와 편도선과 구강 구조와 치아의 상태가 목
소리에 영향을 미친다. 목소리는 아주 개별적이고 무엇보다 육
체적이다. 구전을 통해 전해지는 이야기들에는, 그 이야기의 내
용만 아니라 이야기를 전하는 사람(화자)의 성격이나 인격까지
같이 담긴다. 정보만 건너오는 것이 아니라 말을 하는 사람의
우려와 걱정, 관심과 격려 같은 정서가 함께 넘어오는 것이다.
아이 안는 법, 분갈이하는 법, 콩나물국 끓이는 요령을 알려주

는 인터넷 사이트에는 없는 것이다.

아니, 콩나물국 끓이는 법까지 저 정나미 떨어지게 생긴 기계한테 배워야 한단 말이야? 그녀는 공연히 볼멘소리를 하며 부엌으로 가서 콩나물을 다듬었다.

합리화 혹은 속임수

몇 년간 꽤 진지하게 사귄 여자와 헤어지고 난 후 그는 '내가 사랑한다고 말한 적이 있던가?' 하고 자신을 향해 질문했다. 사랑이 끝난 후 이렇게 질문하는 것은 자신의 마음을 지키기 위한 수단으로 유용하다. 사랑은 교묘한 심리 게임인 까닭이다. 예컨대 사랑을 시작하기 위해서든 끝내기 위해서든 자기의 마음을 달래는 일이 중요한 것이다. 마음을 달래는 데에 효과적인 것은 합리화와 속임수다. 합리화를 위해 속임수를 쓰기도 하고, 속임수를 쓰기 위해 합리화를 요청하기도 한다.

'내가 사랑한다고 말한 적이 있던가?' 하는 질문은, 하나의 사랑을 마친 후 새로운 사랑을 찾아 나서려고 할 때 쓰면 제법 유용한 심리 방어술이다. 그런데 만일 사랑을 끝낸 경우라고 한다면, '사랑을 했던가?' 하고 묻는 것은 논리적으로 모순이다. 왜냐하면 하지 않은 사랑을 끝낼 수 있는 사람은 없기 때문이다. 사랑을 끝내려면 사랑을 해야 하고, 사랑을 했다면 사랑한다는 말을 했는가 하지 않았는가는 중요한 문제가 아닌 것이 된다. 사랑했다는 사실은 부정하려고 해도 부정되지 않는다. 그러니까 '내가 사랑한다고 말한 적이 있던가?' 하는 질문은 보다 미묘하고 훨씬 복잡한 내용을 담고 있다. 이 질문은 '내가 사랑했던가?' 하는 질문과는 다른 것이다. 이 심리 게임에서 중요한 것은 다른 누구가 아니라 자기 자신을 설득하는 것이다. 합리화된 속임수든 속임수를 쓴 합리화든. 그는 이렇게 말한다.

"아마 사랑한다는 말을 하기는 했을 것이다. 그러나 그것은, 다 이해하겠지만, 어쩔 수 없이, 그러니까 의무감으로 한 것이다."

이 말을 듣는 사람은 누구인가. 자기 자신이다. 설득해야 하는 대상이 자기 자신이기 때문이다. '연인들은 의무감에 사로잡힌 자들'이라는 정의가 틀리지 않다면 이 변명은 받아들여져야 한다. 과장과 입에 발린 수사가 허용되고 장려되는 유일한 영역이 연애이기 때문이다. 그것이 연애의 룰이나 관습 같은 것이기 때문이다. 연인들이 의무감에 사로잡힐 수밖에 없는 것은, 연애가 일종의 통치와 지배의 장치임을 일깨운다. 연애는 가장 작은 왕국이고, 이 왕국에서 연인들은 서로에게 군주이면서 신민이다. 서로를 통치하면서 동시에 지배받는다. 그렇게 되기를 원한다. 그러나 통치를 하는 것도 받는 것도 뜻대로 되지 않는 영역이다. 어떻게 해도 자기가 바라는 대로 완전한 통치가 이루어지지 않기 때문에 연인은 늘 불안하고 믿지 못하는 상태 속에 있다. 군주는 신하를 믿지 못하고, 신하는 군주를 믿지 못한다.

그에게도 그런 시절이 있었다. 돌이켜보면 그때 그녀를 가장 사랑한다고 생각했지만(모두들 그렇게 착각한다. 혹은 오해한다. 혹은 그런 척한다) 실은 그녀를 가장 믿지 못하는 시기였다. 그럴 때 상대방의 불신을 해소해주거나 혹은 자신의 불신을 들키지 않기 위해 동원하는 것이 군주와 신하 역할, 즉 의무감이다. 그는 말한다.

"'사랑해'라고 말하는 모든 사람은 의무감에 사로잡혀 있다."
그는 군주로서 신하에게 말하고 신하로서 군주에게 말한다.

이 말을 듣는 사람도 그 자신이다. 가장 자발적인 것 같은
사랑의 고백이야말로 강요와 의무의 산물이라는 것을 그는 자
기에게 이해시키려고 한다. 연인들은 상대방에게 강요당하거
나 자기 자신에게 끊임없이 강요당한다. 상대방의 불신을 해소
해주기 위해서거나 자신의 불신을 들키지 않기 위해서거나 둘
중 하나다. 더 이상 강요당하지 않게 될 때, 즉 의무로부터 풀려
날 때, 군주와 신민의 관계에서 놓여날 때 사랑도 자연스럽게
스러진다.

그는 새로운 대상을 향해 '사랑해'라고 말하기 위해 지금까
지 자기의 사랑이 자발적인 것이 아니라 강요된 의무감에 의해
행해진 것이었음을 고백한다. 이제 그는, 강요당하지 않고는 누
구도 '사랑해'라고 말하지 않는 법이라고 말함으로써 자기를 설
득하는 데 성공했고, 따라서 다른 이에게 '사랑해'라고 고백할
새로운 의무를 지게 되었다.

몇 년간 꽤 진지하게 사귀었던 남자와 헤어지고 난 후 그녀는 '지우고 싶지는 않다, 다만 지워지고 싶을 뿐이다'라고 말하며 눈시울을 붉혔다. 사랑이 끝난 후 이런 태도를 취하는 것은 자신의 마음을 지키기 위한 수단으로 유용하다. 사랑은 교묘한 심리 게임인 까닭이다. 예컨대 사랑을 시작하기 위해서든 끝내기 위해서든 자기의 마음을 달래는 일이 중요한 것이다. 마음을 달래는 데에 효과적인 것은 합리화와 속임수다. 합리화를 위해 속임수를 쓰기도 하고, 속임수를 쓰기 위해 합리화를 요청하기도 한다. 그녀는 이렇게 말한다.

"난 가해자가 되는 걸 원하지 않아. 차라리 피해자가 되는 편을 택하겠어."

이 말을 듣는 사람은 누구인가. 그녀 자신이다. 그녀는 자신에 대한 연민을 쌓음으로써 그것으로 자기를 보호하고 새로운 사랑을 추구하기 위한 명분을 마련하려고 한다. 그러나 가해와 피해, 지우기와 지워지기에 대한 그녀의 생각에는 수상한 데가 있다. 가해자는 언제나 나쁘고 피해자는 항상 착하다는 생각은 너무 단순해서 불순하다. 지운 자는 가해자고 지워진 자는 피해자라는 공식도 마찬가지다. 교묘한 사람은 가해자가 갖게 마련인 죄책감을 상대방에게 떠넘기고 피해자의 역할을 기꺼이 떠맡는 방식으로 가해한다. 가령 헤어지자고 먼저 말하지 않고 상대방에게 말하도록 상황을 이끄는 경우를 생각해볼 수 있다. 이런 사람의 심리적 동기는 연인에 대한 배려가 아니라 책임 회피다.

그러니까 지운 것이 아니라 지워졌기 때문에 피해자고, 잊은 것이 아니라 잊혀졌기 때문에 희생자라고 하는 것은 기만일 수 있다. 특히 세상에서 가장 작은 왕국인 연애의 세계를 그렇게 단순화해 말할 수 없다. 사랑이 끝나도 기억은 남는다. 사랑한 기억이 사라지길 바라는 것은 사랑이 끝났기 때문이 아니라 새로운 다른 사랑을 시작해야 하기 때문일 가능성이 높다. 새로운 사랑을 시작하려고 할 때 지난 사랑의 기억은 거추장스럽거나 불편하게 느껴지고, 그럴 때 그 기억이 사라져주기를 바라는 마음이 생기는 것은 자연스럽다.

그러니까 새로운 사랑을 시작하기 위해 상대방의 기억에서 지워지기를 바라는 그녀의 바람은 소극적인 것이 아니라 상당히 적극적인 것이다. 즉, 그녀는 그에게 제발 자기를 잊어달라고, 지워달라고 요청하고 있는 것이나 마찬가지다. 자기가 할 일을 남에게 시키고 있는 것이다. 이 요청은 매우 공격적이다. '제발'은 공손한 부사가 아니다. 이 단어만큼 편집적이고 억압적인 단어도 없다. 자기를 낮추는 제스처를 통해 자기 뜻을 강요한다는 점에서 이 단어는 교활하기까지 하다.

피해자와 희생자의 얼굴은 그녀가 쓰고 있는 공교한 가면이다. 그러나 크게 나무랄 일은 아니다. 피해를 보는 사람은, 적어도 가시적으로는 없다. 이 심리 게임에서 중요한 것은 오직 자기 자신을 설득하는 일이므로.

네 몸과 같이

크리스티앙은 유가 세 들어 사는 엑상프로방스의 집주인이다. 유는 3년으로 예정된 해외 지사의 발령을 받고 이곳에 왔다. 그의 집주인인 올해 예순일곱 살의 크리스티앙은 이 집에서 태어나고 자랐다고 한다. 그의 가족은 1층에 살고 유의 가족은 2층에 산다. 길쭉한 직사각형의 나무 덧문이 창문마다 달린 전형적인 프로방스풍의 이 집은 1910년에 지어졌다. 108년 된 집은 긴 세월의 흔적을 건물 곳곳에 간직하고 있지만 내부는 뜻밖에 깔끔하고 튼튼한 편이다. 방음이 잘되지 않는다는걸 빼면 별로 불편하지 않다. 유가 108년 된 집에서 살다니, 하고 감탄하자 집주인인 크리스티앙은 300년 전에 지어진 집에도 여전히 사람들이 살고 있다고 말해서 유를 놀라게 했다. 실제로 유는 길을 걷다가 18세기에 지어졌다는 표시가 붙은 낡은 건물을 여러 채 보았다.

유는 어쩔 수 없이 한국을 떠나기 전에 살던 아파트가 재건축을 하는 바람에 이사를 해야 했던 경험을 떠올리지 않을 수 없었다. 지은 지 40년쯤 된 서울의 아파트는 곳곳에 녹이 슬고 금이 가고 낙서투성이고 칠이 벗어져 더럽고 난방기를 계속 돌려도 추웠다. 그 집이 그 모양인 것은 지은 지가 너무 오래되었기 때문이 아니라(고작 40년이지 않은가!) 고치지 않았기 때문이다. 고치지 않은 것은 고칠 필요가 없었기 때문이다. 유는 관리사무소에 가서 벽이 너무 낡아 보기 흉하다며 페인트칠을 하는 게 어떻겠느냐고 건의했다가 비웃음을 산 적이 있었다. 재건축추진위원회인지 하는 것이 결성되고 난 후 재건축인가를 받기 위해 일부러 건물을 더 낡아 보이도록 방치한다는 것을 그는 몰랐다. 관리소 직원은 "세입자지요?" 하고 확신에 찬 목소리로 물었다. 자기 소유의 집이 아니니까 그런 내용 파악을 못하고 있고, 그러니까 그런 소리를 하는 거라는 핀잔이었다.

아무리 재산을 불리는 일에 관심도 없고 기술도 없어서 쉰이 넘은 나이에도 여전히 자기 집 없이 살고 있지만, 유 역시 대한민국에서 집이 주거의 공간이 아니라 부를 축적하는 수단이 되어 있다는 사실을 모르지는 않았다. 언제부터인지 모르나 집이 '사는(거주하는)' 곳이 아니라 '사고파는', 사고팔기를 잘해서 이익을 남겨야 하는 투기 상품이 되어버렸다. 부수고 다시 짓는 것이 이익이라고 생각하기 때문에 어느 아파트 단지나 지은 지 30년만 되면 재건축을 하겠다고 나선다. 어쩌면 아파트를 짓고 분양을 받을 때부터 재건축을 통해 얻게 될 경제적 이익을 고려하는지 모른다. 고치지 않은 낡은 집, 곧 부서질 집, 살기 불편한 집이 더 비싸게 거래되는 현상은 이상하다. 이 이상한 현상을 이상하게 여기지 않는 것은 집을 소유와 축재의 수단으로 인식하는 관습에 길들어 있기 때문이라고 유는 생각했다. 그는 주택정책에 어떤 견해를 가진 사람은 아니었다. 다만 집을 투기의 수단으로 삼은 사람들에 의해 생긴 불평등과 부작용과 왜곡을 걱정하고, 자기라도 그런 꺼림칙한 일에 동참하지 않겠다는 아주 소극적인 신념을 가지고 사는 사람일 뿐이었다.

그런 주거 환경에 익숙해 있던 유의 눈에 지은 지 이삼백 년 된 집에서 살고 있는 이 도시 사람들이 놀랍지 않을 수 없었다. 그러나 어떻게 그렇게 오래된 집에서 살 수 있는지 물어볼 필요는 없었다. 그가 세 들어 있는 집이 답을 알려주고 있었기 때문이다. 그의 방 벽에는 구멍을 때우고 페인트칠한 자국이 그대로 남아 있었다. 문고리를 고치고 바닥을 새로 깔고 계단을 손본 흔적도 뚜렷했다. 그것만이 아니었다. 집주인은 틈만 있으면 연장을 들고 나와 혼자서 뚝딱거리며 무슨 일인가를 했다.

어느 날 유는 마당의 커다란 플라타너스 밑에 테라스를 만들어주겠다며 통나무를 다듬고 있는 크리스티앙에게 다가가 거의 매일 손볼 곳이 생기는 이 오래된 집을 고치며 사는 일이 귀찮지 않은지 물었다. 부수고 새로 짓는 것이 훨씬 이익이 되지 않느냐는 말은 어쩐지 창피해서 차마 할 수 없었다. 크리스티앙은 전혀 그렇지 않다며 고개를 저었다. "나는 이 집에서 태어났어요. 이 집은 내가 태어난 순간을 알고 있고 내 어린 시절을 기억하고 있어요. 나는 이 집과 함께 자랐고 같이 늙어가고 있어요. 집은 내 몸의 일부와 같아요. 몸 어딘가에 상처가 생기면 약을 바르고 다리가 부러지면 깁스를 해야 하잖아요. 그런 거예요." 집이 신체의 일부라는 말은 이상스럽게 감동스러웠다. 한 번도 그렇게는 생각해보지 않았었다. 축재의 수단으로 간주하지도 않았지만 신체의 일부로 여기지도 않았었다. 그러고 보니 크리스티앙이 집에 정성을 들이는 모습은 신체의 일부가 제기능을 하지 못할 때 치료를 하고 수술을 하며 사는 사람을 떠오르게 했다. 고치고 손보고 어루만지며 집과 같이 늙어가는 사람의 모습을 상상하자 울컥했다.

크리스티앙의 말이 이어졌다. "우리 아버지가 늘 하던 말이 있어요. 네 집을 네 몸과 같이 여겨라. 네 집을 네 몸과 같이 사랑해라. 우리 아들에게 내가 항상 해온 말이기도 하지요." 유는 부끄러움인지 부러움인지 모를 감정 때문에 아무 말도 할 수 없었다.

집 이야기

그가 강이 한눈에 내려다보이는 산비탈에 집을 짓기 시작한 것은 이른 봄이었다. 도시에서 술과 옷과 고기와 가구와 자동차와 쌀과 안경과 소금과 그림, 즉 팔 수 있는 거의 모든 것을 팔아 돈을 많이 벌었다는 사람이었다. 경치 좋은 강가에 집을 짓고 사는 것이 어릴 때부터의 소원이었다고 그 부자는 말했다. "이제야 소원을 이루게 되었네요" 하면서 껄껄 웃을 때 그는 세상에서 가장 행복해 보였다. 성공한 사람의 여유와 만족이 그대로 넘쳐났다.

"세상에서 가장 크고 화려하고 웅장한 집을 지을 겁니다."

그는 그렇게 말했다. 사람들은 그의 성공을 부러워하고, 그의 재산과 여유를 부러워하고, 그가 지을 세상에서 가장 크고 화려하고 웅장한 집을 부러워했다.

그는 그 나라에서 가장 유명한 건축설계사 가운데 한 사람에게 설계를 맡기고, 가장 빼어난 기술을 가진 기술자들을 도시에서 데려옴으로써 자신이 허풍쟁이가 아니라는 걸 확인시켰다. 넓은 땅에 들어설 크고 화려하고 웅장한 건물의 설계도가 나왔다. 터가 닦이고 길이 뚫리고 골격이 올라가기 시작했다. 외국에서 수입했다는 값비싼 건축자재들이 트럭에 실려 들어왔다.

부자는 현장에 머물면서 집 짓는 걸 감독하고 지시했다. 공사는 더디게 진행되었다. 그도 그럴 것이 워낙 크고 손이 많이 가는 건물이었다. 세상에서 가장 크고 화려하고 웅장한 집이라지 않는가.

부자가 집을 짓기 시작한 지 1년쯤 되었을 때, 아직 건물의 골격이 갖춰지지 않았을 때였는데, 그 강가 한쪽에 다른 집이 지어지기 시작했다. 그 집을 짓는 사람은 평생 동안 나무를 다듬고 대패질을 하며 살아온 목수였다. 전국을 떠돌며 남의 집을 수없이 지어주며 살았지만 자기 집을 짓는 건 처음이었다.

목수 역시 자기 집을 하나 갖고 싶다는 꿈을 가지고 있었다. 그러나 그의 꿈은 크고 화려하고 웅장한 집이 아니라 작고 소박하고 튼튼한 집이었다. 예순 살이 되었을 때 그는 비로소 자기를 위해 집을 지을 때가 되었다고 생각했다. 그는 자기가 어렸을 때 떠났던 고향 마을에 자기 집을 짓기로 마음먹고 귀향해서 공사를 시작했다. 목수가 집터로 잡은 땅은 그가 어렸을 때 뛰어놀던 강변이었다. 아내와 아들 내외가 집 짓는 걸 돕긴 했지만 거의 대부분 그 혼자서 일을 했다.

작고 소박한 그러나 튼튼한 목수의 집이 완전히 지어지는 데는 1년이 채 걸리지 않았다. 방은 두 개였다. 하나는 그들 부부가 쓸 방이고, 다른 하나는 아들 내외가 사용할 방이었다. 거실이 하나 있긴 했지만 넓지 않았다. 목수는 두 개의 침대도 손수 만들었다. 식탁도 만들고 책상과 의자도 만들었다. 목수는 모든 것에 만족했다. 가족들도 만족했다. 그들이 지은 집과 집에서 바라보는 강물과 강물을 바라보며 대화를 나누는 시간들을 좋아했다. 그들은 겨울이 오기 전에 새집으로 들어갔고, 그곳에서 행복했다. 그 집에 들어오기 전에 행복했던 것처럼 행복했다.

세상에서 가장 크고 화려하고 웅장한 집을 짓겠다는 부자의 욕망은 끝없이 커져갔다. 최고급 재료를 사다 쓰면서도 더 좋은 재료에 대한 욕심 때문에 만족하지 못했다. 그는 자꾸만 재료를 바꾸었다. 웬만큼 건물이 올라간 다음에는 자기 집이 생각한 만큼 근사하지 않다는 걸 알게 되었고, 그래서 마음이 몹시 상한 그는 설계도를 변경하라고 지시했다. 새로운 설계도 상의 그의 집은 더 넓어졌고 더 높아졌고 더 화려해졌다.

집을 짓기 시작한 지 5년이 되었을 무렵에 그의 미완성 집은 처음 계획했던 것보다 두 배 이상 커져 있었다. 멀리서도 높이 올라가고 있는 집이 보였다. 그 건물보다 높은 것은 멀리서 마을을 굽어보는 산 말고는 없었다. 사람들은 그 높이와 웅장함과 화려함에 감탄했다. 그러나 감탄 뒤에는 의아스러운 질문이 이어졌다. 저기에 저걸 왜, 저렇게 오래 짓지?

부자의 목표는 오로지 세상에서 가장 크고 화려하고 웅장한 집을 짓는 것이었으므로 다른 일은 하지 않았다. 그는 집을 짓는 건축 현장에서 살았다. 궁궐처럼 크고 화려하고 웅장한 건물이 올라가고 있는 현장 바로 옆에 천막을 치고 그 안에 들어가 밥을 먹고 잠을 잤다. 불편하고 옹색했지만 조만간에 완공될 근사한 집을 상상하며 견뎠다.

"세상에서 가장 크고 화려하고 웅장한 집이 지어지면 나는 궁궐의 왕처럼 살 것이다. 이까짓 고생쯤이야……."

그는 춥고 좁고 딱딱하고 불편한 잠자리에서 자기 자신에게 중얼거리곤 했다.

유난한 추위가 이어지던 어느 겨울날, 부자가 감기에 걸려 고생하고 있다는 소식을 들은 목수가 그를 찾아갔다. 그는 날씨도 추운데 천막 안에서 고생하지 말고 건물이 완성될 때까지 자기 집에 와서 지내라고 권했다. 방 하나를 비워줄 수 있다고 했지만 부자는 괜찮다며 손을 저었다. 목수는 겨울 동안만이라도 자기 집에 와서 지내는 게 어떠냐고, 그렇지 않으면 건강을 해칠 수 있다고 다시 말했다. 목수는 부자가 진정으로 걱정되어 권했지만 부자는 고개를 저었다. 그러고 약간은 오만하게 "당신이 6개월 만에 지었다는 그 나무 집에서 어떻게 삽니까?" 하고 물었다. 목수는 자기 직업이 목수라고, 튼튼하게 지었다고 자부심을 섞어 대답했다. 그는 6개월이 아니라 10개월이 걸렸다는 말은 하지 않았다. "집이 튼튼하기만 해야 하는 건 아니지요" 하고 부자가 말했다. 목수는 바람도 막아주고 추위도 막아주고 부족한 것이 없다고 대답했다. 부자는 심한 감기로 콜록거리면서도 여전히 거만하게 "꼭 동굴에 사는 것처럼 말하는군" 하고 비웃었다. 목수는 기분이 좀 언짢아졌기 때문에 "동굴만은 못하지요" 하고 응수했다. 그러고 다시 그를 찾아가지 않았다.

목수는 가족과 함께 난생처음 여행을 떠났다. 도시는 눈부실 정도로 화려하고 스쳐 지나갈 수 없을 정도로 복잡하고 없는 게 없는 것처럼 풍부했다. 밤에도 어두워지지 않는 도시는 매혹적이었다. 그러나 목수는 도시의 그늘도 보았다. 그는 다리 아래 쓰러져 있는 부랑자들과 거리에서 구걸하는 거지들과 버려진 아이들을 보았다. 그들은 낮에도 밝지 않았다. 도시가 화려하지만은 않다는 것을 그는 알았다. 도시가 풍요롭지만은 않다는 것을 그는 알았다. 예전에도 알던 것을 더 잘 알게 되었

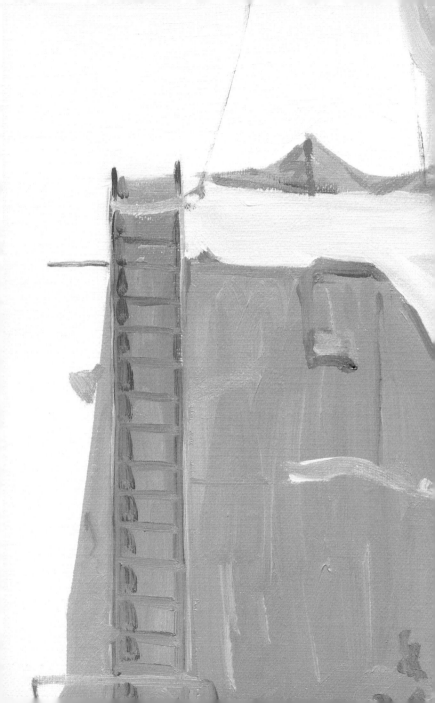

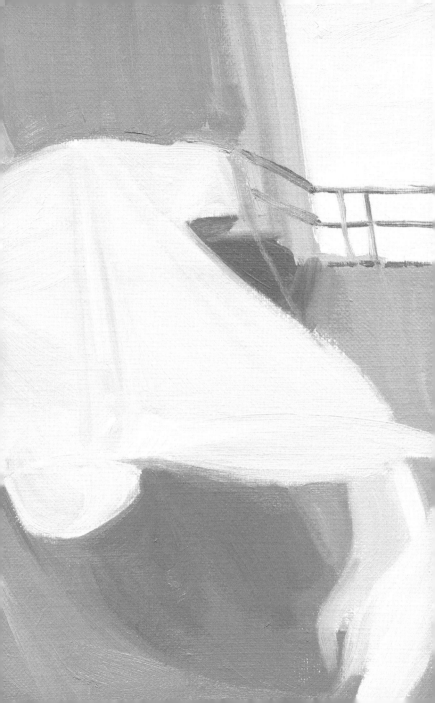

다. 예전에는 알기만 했지만 이번에는 그 문제에 대해 깊은 생각에 빠지게 했다. 여행에서 돌아올 때 목수는 말이 없어졌다.

집으로 돌아오자마자 그는 다시 일을 시작했다. 집 옆 공터에 그는 자기 집처럼 작고 소박하고 그러나 튼튼한 집을 짓기 시작했다. 마을 사람들이 와서 누가 살 집을 또 짓느냐고 물었다. 그는 집 없는 사람들을 위한 집이라고 말했다. 마을 사람들이 그런 사람이 어디 있느냐고 물었다. 마을에는 자기 집을 가지지 못한 사람이 없었으므로 그 질문은 타당했다. 그는 대답했다.

"도시에는 부자들만 살고 있는 것이 아니에요. 도시에 사는 사람들이 마냥 화려하고 풍족하기만 한 게 아니에요. 집이 없는 사람들이 도시에는 많아요. 집이 없어서 거리를 헤매는 사람들이 생각보다 많아요."

얼마 후 낯선 사람들이 마을로 들어왔다. 목수가 데려온 사람들이었다. 그들은 지저분하고 남루했다. 목수는 강물에 들어가 목욕을 하게 한 다음 새로 지은 집으로 안내했다. 목수가 말했다.

"오늘부터 여기에서 사세요. 여기가 당신들의 집입니다."

부자의 욕심은 자꾸만 커져갔고, 욕심에 비례해 그가 짓는 집의 규모도 크고 화려해져갔다. 벌어놓은 돈을 다 써버렸기 때문에 빚을 내야 했다. 은행은 그가 짓고 있는 집을 담보로 돈을 빌려줬다.

목수는 집을 짓고 또 지었다. 부자가 자기 혼자 살 한 채의 집을 짓는 동안 목수는 남들이 살 여러 채의 집을 지었다. 집에 들어올 사람들이 줄어들지 않았으므로 계속 지었다. 그가 하는 일을 전해 들은 사람들이 여기저기서 와서 그를 도왔다. 사람들은 땅을 고르고 나무를 베었다. 돕는 사람이 늘어난 만큼 일의 속도도 빨라졌다. 공터에 새로 지은 나무집들이 줄줄이 들어섰다. 작고 소박한, 그러나 튼튼한 새집에 살기 위해 도시의 집 없는 사람들이 마을로 들어왔다.

세상에서 가장 크고 화려하고 웅장한 집을 짓겠다는 욕심에 사로잡힌 부자의 집은 여전히 미완성이었다. 10년이 넘는 세월 동안 부자는 자기가 짓고 있는 그 크고 화려하고 웅장한 집 옆의 좁고 허름하고 낡고 보잘것없는 천막 안에서 살았다. 천막은 바람에 찢기고 세월에 낡았다. 그러는 가운데 그는 빚쟁이가 되었고, 병자가 되었고, 늙은이가 되었다. 이제 아무도 그를 부러워하지 않았다. 그를 보는 사람들은, 저게 무슨 짓이람, 하고 고개를 절레절레 젓고, 저러다 변을 당하지, 얼마 못 살겠는데, 하며 혀를 끌끌 찼다.

사람들이 우려한 대로 되었다. 어느 날 해가 하늘 높이 떠올랐는데도 부자가 천막 밖으로 나오지 않자(그것은 전에 없던 일이었다. 그는 항상 해가 떠오르기 전에 일어나 공사장 인부들을 독려하는 사람이었다) 이상하게 생각한 사람들이 천막 안으로 들어가보았다. 그는 낡고 지저분하고 냄새나는 이불 위에 싸늘한 시체가 되어 누워 있었다.

자기 자신을 위해 세상에서 가장 크고 화려하고 웅장한 집을 짓기를 원했던 그 사람은 세상에서 가장 더럽고 초라한 곳에서 외롭게 죽었다. 그의 죽음을 애도하는 사람도 없었다. 목수는 반나절 만에 그의 관을 짰다. 사람들이 아직 완성되지 않은, 세상에서 가장 크고 화려하고 웅장한 그의 집 안으로 그의 관을 가지고 갔다. 그가 만들다 만, 세상에서 가장 크고 화려

하고 웅장한 집은 그의 무덤이 되었다. 세상에서 가장 크고 화
려하고 웅장한 무덤이 되었다.

하려고 했던 다음 말

다른 존재

입대할 무렵 케이는 나이가 많았고, 체력이 약했고, 그 때문이지만 먼저 군대에 갔다가 온 친구들이 주로 술자리에서 과장과 허풍을 섞어 들려준 훈련소 분위기에 유난스러운 두려움을 느끼고 있었다. 그 혹독하다는 신병 훈련 과정을 무사히 마칠 수 있을지 걱정이 이만저만이 아니었다.

훈련소에 입소하고 사흘이 지났을 때, 온종일 연병장을 뛰고 기고 뒹구느라 지칠 대로 지친 훈련병 케이를 찾아온 사람은 대학 동아리 선배인 큐였다. 놀랍게도 그는 중위 계급장을 달고 있었다. 학교에 다닐 때는 비교적 가깝게 지내는 사이였지만, 그런 자리에서 다른 신분으로 만나니까 어떻게 대해야 할지 당황스러웠다. 예전처럼 반가움을 스스럼없이 표현하기에는 계급 차이가 너무 났다. 사실 그는 입소한 지 사흘밖에 되지 않아 아직 계급도 없는 상태였다. 선배는 환하게 웃으며 악수를 청했지만, 케이는 그 손을 받아야 할지 아니면 거수경례를 해야 할지 알 수 없어 머뭇거렸다. "짜식, 군기가 꽉 들었네." 선배는 그의 어깨를 툭 치며 스스럼없이 굴었다. 그러나 훈련병이 장교에게 스스럼없이 대할 수는 없었다. 훈련복을 입은 지 사흘밖에 되지 않았지만 그 정도는 알았다. 케이는 선배의 중위 계급장이 신경 쓰여서 말도 제대로 하지 못했다. "이번 기수 명단에 네 이름이 있어서 혹시나 하고 와봤더니 역시 네놈이네. 반갑다."

선배는 자기가 있으니까 아무 걱정 하지 말고 훈련이나 잘 받으라고 애정 어린 충고를 했다. "훈련소 입소 사흘 만에 나를 만나다니. 너, 진짜 운이 좋은 거다. 이 선배가 뒤에 있으니까 너무 떨지 말고, 어려운 일이 있으면 언제든 나를 찾아와라."

그 말을 들을 때는 실감하지 못했는데, 점호를 마치고 잠을 자기 위해 딱딱한 침상에 눕자 입가에 저절로 웃음이 만들어졌다. 어느새 훈련 과정에 대한 두려움도 사라진 것 같았다. 자기가 뒤에 있으니까 아무 걱정하지 말고 어려운 일 있으면 찾아오라고 했던 선배의 말을 몇 번이나 되새김질했다. 선배의 말마따나 자기는 정말로 운이 좋은 것 같았다.

물론 훈련 시간이 줄어든 것은 아니었다. 다른 훈련병보다 쉬운 훈련을 받거나 어떤 훈련에서 열외를 받은 적도 없었다. 어쩐 일인지 그 이후 선배가 그를 다시 찾아온 적도 없었다. 가끔 멀리서 부대원들을 통솔하는 선배의 모습이 보이긴 했다. 그러나 그것뿐이었다. 그런데도 훈련소에서 지내는 기간 내내 케이는 알 수 없는 자부심으로 늘 마음이 든든했다. 훈련을 마칠 때까지 선배는 다시 그를 찾아오지 않았지만 언제나 어디선가 자기를 지켜보고 있을 거라는 확신이 그에게는 있었다. 가끔 선배가 어디 있는지 주변을 둘러보기도 했다. 그럴 때면 선배의 존재가 감지되는 것 같기도 했다. 보이지 않는데도 곁에 있는 것같이 느껴지기도 했다. 자신이 위험에 처하거나 도움을 청할 일이 생기면 그가 미리 알고 최적의 타이밍에 모습을 나타낼 거라는 믿음까지 생겨났다.

자신의 등 뒤에서 절대적으로 큰 힘을 가진 누군가 지켜주

고 있다는 느낌. 그것은 그가 처음 느낀 놀라운 경험이었다. 훈련소의 모든 훈련을 무사히 마치고 나올 수 있었던 것이 그 때문이었다고 그는 고백했다. 그렇지 않았으면 아마 자기는 낙오를 했거나 사고를 쳤을 거라고. 그의 고백을 들은 누군가는, 마치 그 말에 주석이라도 달듯 중얼거렸다. 말하자면 신의 존재가 그런 건지 모르지. 그것은 케이가 하지 않은, 하려고 했던 다음 말이기도 했다.

사람은 죽는다

"관리를 아주 잘하셨습니다. 더 이상 병원에 오실 필요가 없습니다."

의사는 그의 상태가 매우 건강하다고 진단했다. 아주 건강하므로 더 이상 자기를 찾지 않아도 된다고 말했다. 환자가 의사의 말을 못 믿겠다는 듯, 혹은 자신의 몸을 못 믿겠다는 듯 자꾸만 고개를 갸우뚱했기 때문에 의사는 조금 더 구체적으로 그가 얼마나 건강한지 설명했다. 의사의 설명에 의하면, 그는 그의 나이인 40대 후반 남자의 평균보다 훨씬 좋은 상태였으며, 사고가 없는 한 앞으로 5년 안에 다시 자기를 찾아올 확률은 제로에 가까웠다. 의사는 내기를 해도 좋다는 듯 씩씩하게 말했다. 의사의 발언이 그처럼 확고하고 단호했으므로 환자는 자기 몸 상태가 좋지 않다는 말을 할 수 없었다. 그렇게 말하면 의사가 몹시 실망할 것 같았다.

그러나 의사로부터 그 말을 들은 지 한 달이 조금 지나 그는 세상을 떠났다. 사인은 식도암이었다.

약 한 달 전에 그 환자를 진찰한 적 있는, 앞으로 5년 안에 자기를 찾아올 확률이 거의 제로라고 장담했던 의사는 그가 이 세상을 떠났다는 소식을 듣고 혀를 끌끌 차며 중얼거렸다.

"그 사람, 치아는 그렇게 잘 관리한 사람이 몸속에 암세포가 퍼지는 걸 왜 몰랐담……."

사람은 죽는다, 어쨌든

"완치되었습니다. 당분간 병원에 오실 필요가 없습니다."

의사는 완치를 선언했다. 환자는 위에 생긴 암세포를 없애기 위해 수술을 받고 힘든 화학요법의 시간을 버텼다. 그리고 5년 동안 추이를 지켜본 끝에 마침내 완치 판정을 받았다. 의사는 이제 병원에 오지 않아도 된다고 말하면서 손을 내밀었다. 환자는 의사의 말을 믿지 않을 이유가 없었으므로 의사가 내민 손을 붙잡고 고맙다고 인사했다. 투병과 치료의 기간 동안 의사에 대한 환자의 신뢰는 차곡차곡 쌓여갔다. 내일 죽게 될 거라고 해도 의심 없이 믿을 정도가 되어 있었으므로 더 이상 병원에 오지 않아도 된다는 말을 의심할 이유가 없었다. 의사가 심각하다고 하면 심각한 것이고, 의사가 괜찮다고 하면 괜찮은 것이었다. 자기 몸의 상태를 의사가 진단하는 것이 아니라 의사의 선언에 의해 자기 몸이 반응하는 것처럼 느껴질 정도였다. 그것은 그가 환자이기 때문이었다.

이제 그는 더 이상 환자가 아니었다. 완치 판정은 환자가 아니라는 선언과 같았다. 그는 그렇게 받아들였다. 의사 앞에서는 표현을 자제했지만, 그렇게 오랫동안 듣고 싶어 했던 말을 마침내 듣게 된 그는 좀 흥분했다. 그는 자기를 염려하고 격려해준 사람들에게 되도록 빨리 소식을 전해주고 싶었다. 무엇보다 자기를 위해 노심초사 걱정하고 기도하는, 시골에 있는 노모에게 먼저 알리고 싶은 마음에 병원 문을 나서면서 휴대폰의 버튼을 눌렀다. 신호음이 멈추고 그리운 어머니의 목소리가 들려오기를 바라면서 그는 횡단보도를 건넜다. 어머니, 드디어 오늘 완치 판정 받았어요. 이제 병원 다니지 않아도 돼요. 어머니가 전화를 받자마자 곧바로 꺼낼 말이 입안에 준비되어 있었다.

그러나 그는 횡단보도를 다 건너지 못했다. 남쪽 해안 도시에서 새벽에 무거운 짐을 가득 싣고 출발해 쉬지 않고 도심까지 달려온 5톤 트럭 운전자는 하필 그때 쏟아지는 졸음을 참지 못하고 십 초가량 눈을 감았다. 트럭은 횡단보도에서 멈추지 않고 그를 향해 내달렸다.

사람은 죽는다, 누구나

나는 어떤 의사를 알고 있다. 많은 사람이 그를 알고 있는 것처럼 나도 그를 알고 있다. 그는 자기 환자들에게 음주와 흡연과 스트레스가 건강의 적이라고 입버릇처럼 말하는 사람이다. 하루에 일곱 시간 이상 숙면을 취하고, 일주일에 사흘, 하루에 삼십 분 이상 땀이 나게 운동하고, 하루에 최소한 만 보 이상 걸어야 한다고 강조하는 사람이다. 과식을 금하고 채소와 단백질 섭취를 늘리고, 단것, 짠 것, 매운 것을 삼가라고 충고하는 사람이다. 유난히 적극적이고 밝고 활달한 사람. 모두 그를 건강 전도사라고 불렀다.

그가 예순 살이 되기도 전에 암으로 죽었다는 소식은 그래서, 그를 알고 있는 사람에게는 좀 충격이었다. 그렇지만 그를 더 잘 알고 있는 사람들, 그러니까 그가 하는 말이 아니라 그의 행동 패턴까지 알고 있는 사람들은, 대한민국 남자의 평균보다 일찍 맞이한 그의 죽음을 아쉬워하고 슬퍼하긴 했지만 놀라지는 않았다. 자기 환자들에게 음주와 흡연과 스트레스와 과식을 피할 것과 충분한 수면을 취할 것과 운동할 것을 입버릇처럼 강조하던 그는 밤샘을 밥 먹듯 하고, 술이 없이는 밤에 잠을 자지 못하고, 하루에 담배를 두 갑이나 피우고, 숨쉬기운동 말고는 아무 운동도 하지 않는 사람이었다. 아는 대로 사는 사람도 드물지만, 남에게 말하는 대로 자기에게 말하는 사람도 드물다고 해야 할지.

위험에 대한 매혹

'위험에 대한 매혹'이라는 말은 루이스 부뉴엘의 영화 〈욕망의 모호한 대상〉에 나온다. 테러리스트들의 행동 동기를 영화 속 한 인물이 분석한 내용이지만, 사실은 사랑에 빠지는 일이 그와 같다는 암시가 곳곳에 배어 있다. 모든 사랑이 다 그런 것은 아니지만 치명적인 어떤 사랑은 위험에 대한 매혹에 이끌리는 경향을 띤다. 위험하니까 사랑한다, 위험이 클수록 매혹도 커진다, 라고 해야 할까.

나는 그런 여자를 한 명 알고 있는데, 지금 그녀는 아내와 자녀가 있는 직장 상사와 연애 중이다. 2년 전에는 중학교 때부터 친하게 지내온 친구의 애인을 유혹해서 9개월간 사귀었다. 그녀에게 반한 남자가 이른바 '양다리'에 양심의 가책을 느끼고 원래 사귀던 애인(그러니까 그녀의 친한 친구)과 헤어졌을 때 그녀는 눈 하나 깜박하지 않고 냉정하게 남자로부터 돌아섰다. 오래 사귀던 애인과의 연애를 정리하고 자기에게 돌아오자 그 순간 그 남자에게서 매력이 급격히 사라지는 걸 느꼈고, 친구의 애인이 아닌 그 남자를 더 이상 사랑할 수 없게 되었다는 것이 이유였다. 그 남자의 매력은 오로지 자기의 가장 친한 친구의 애인이라는 데 있었던 것이다. 왜 자기를 버리느냐고 매달리는, 영문을 알 리 없는 불쌍한 남자에게 그녀는 이렇게 말했다. "싱겁고 심심해서 견딜 수가 없어. 하품이 나와. 연애가 이러면 안 되지."

위험을 느끼는 수위가 사람에 따라 다르다는 것은 상식이다. 키가 1미터 20센티미터인 어린아이에게 위험한 냇물도 1미터 70센티미터인 어른에게는 위험하지 않을 수 있다. 어떤 사람은 3층 건물에서도 내려다보지 못하지만 어떤 사람은 스카이다이빙을 즐긴다. 어떤 이유로든 익숙해지고 숙련되면 위험 지수는 낮아지게 마련이다. 산악인들이 더 높고 가파른 산에 오르려고 하는 것은 이상하지 않다. 적당히 긴장을 주는 것에 사람들은 끌린다. 위험하지 않은 건 매혹적이지 않다. 중독된 자가 매혹이 없는 무미건조한 삶을 어떻게 견딜 수 있을까. 테러리스트가 평화를, 사기꾼이 봉급자의 생활을 어떻게 감당할 수 있을까. 중독은 더 큰 자극을 향해 내달린다. 그녀의 사랑도 더 큰 위험을 필요로 했다.

놀랍게도 요즘 그녀가 연애하는 직장 상사의 아내는 그녀의 대학 선배다. 그녀는 남자의 만류에도 불구하고 아내가 있는 남자의 집으로 찾아가는 것을 즐긴다. 저녁 식사 자리에서 어색하고 불안해서 어쩔 줄 몰라 하는 사람은 남자뿐이다. 그녀는 남자의 그런 모습을 보면서 짜릿한 쾌감과 함께 뜨거운 욕망을 느낀다. 실제로 남자의 아내가 부엌에 있는 동안 남자에게 키스를 하기도 하고 식탁에 앉아 음식을 먹으면서 남자의 다리 사이에 손을 올려놓기도 한다. 불륜이라는 아슬아슬한 줄타기가 그녀를 흥분시키는 것이다.

왜 그렇게 일부러 힘들고 어려운 사랑을 하는지 나는 진지하게 물었다. 나는 그녀가 자신의 위험한 사랑을 숨기지 않고 털어놓는 몇 안 되는 친구 가운데 한 사람이다. "일부러 그러는

게 아니고, 그 사람에게 사랑을 느끼기 때문에 사랑을 하는 거지"하고 그녀는 대답했다. 그녀의 대답은 그다지 진지하지 않은 것 같았다. "왜 힘들고 어려운 상대를 향해서만 사랑을 느끼는데?"하고 나는 다시 물었다. 이번에도 내 질문은 진지했다. "나야 모르지. 마음이 그렇게 끌리는 걸 어떻게 하겠어"하고 그녀는 역시 건성으로 대답했다. 그녀의 태도가 마음에 들지 않았으므로 나는 조금 언짢았고, 꼭 그래서만은 아니지만, 너는 사랑을 하는 것이 아니라 모험을 즐기는 것뿐이라고 말해 줬다. 그녀는 조금 생각하는 듯하더니 의외로 선선하게 그럴지 모른다고 인정했다. 그러나 곧이어서 "연애가 모험 아닌가. 정도의 차이지 모험 아닌 연애가 있던가. 하품 나오는 연애를 어떻게 해?"하고 모험가답게 덧붙이고는 아무 일도 아니라는 듯 소리를 내어 웃었다. 일찍이 그녀에게 하품 나오는 사람으로 낙인찍힌 바 있는, 모험가가 될 조건을 도무지 갖추지 못한 나는 아무 말도 하지 못하고 그녀의 등을 가만히 바라보기만 했다. 아마 그날 루이스 부뉴엘의 영화를 한 번 더 보았을 것이다.

뛰는 남자

그는 제법 큰 공장의 소유주가 되었다. 처음에 그는 그 공장의 기술자였다. 경영자가 부도를 내고 잠적하는 바람에 문을 닫게 된 공장을 혼자서 이리저리 뛰어다니며 다시 살려낸 것이 그였다. 그는 죽을힘을 다해 일했고, 마침내 남들이 부러워하는 흑자 회사로 키웠다. 지칠 줄 모르는 체력의 소유자라거나 철인이라는 별명은 그때 붙여진 것이다. 아닌 게 아니라 회사를 이만큼 키워낸 데에는 그의 타고난 체력이 큰 몫을 한 것이 사실이었다.

그는 몸의 중요성을 누구보다 잘 알고 있는 사람이었다. 직원들한테 이른바 훈시라는 걸 할 때면 '체력은 국력'이라는, 3공화국 시절을 연상시키는 낡아빠진 구호를 빼먹지 않고 들먹였다. 그것은 그의 신념과도 같은 것이었다. 그는 운동이라면 못하는 것이 없었다. 줄넘기부터 족구, 복싱, 배구, 테니스, 사이클, 달리기에 이르기까지 어느 것 하나 빼놓지 않고 즐겼다. 일을 하지 않을 때 그는 언제나 무슨 운동인가를 하고 있었다. 여럿이 어울려 할 때도 있었지만 대부분 혼자 했다. 자전거를 타거나 운동장을 뛰거나 벽에 테니스공을 튀겼다. 일과 운동은 그의 정열을 솟구치게 하는 샘이고, 또 그 정열을 쏟아낼 대상이었다.

운동에 대한 그의 남다른 정열이 공장 한쪽에 운동장을 만들게 했다. 그는 잡풀이 무성하던 공터를 농구 코트와 배구 코트와 테니스장으로 만들었다. 그 운동 시설들은 물론 직원들을 위해 만든 것이라고 홍보되었지만, 그 말을 믿는 사람은 적어도 그 공장 안에는 없었다. 그 사실을 증명한다는 것은 그리 어렵지 않다. 운동장에서 운동을 하는 사람은 그를 빼고는 거의 없었으니까. 점심시간에 간혹 서너 명의 근로자가 농구 코트에 매달려 있는 모습이 보이긴 했지만 그것은 아주 드문 경우였다.

근로자들은 운동을 하고 싶어도 그럴 시간이 없었다. 그들 앞에는 언제나 일거리가 쌓여 있었다. 연장 근로에 시달려 늘 피곤했으므로 시간이 있을 때는 잠을 자두는 것이 훨씬 생산적이라고 그들은 생각했다. 그런 근로자들을 사장은 못마땅하게 생각했다. 바쁘더라도 시간을 내서 운동을 해야 한다는 것이 그의 지론이었다. 피곤해도 운동을 해야 하고, 잠을 줄여서라도 운동은 해야 한다는 것이 그의 신념이었다. 그러나 그의 공장에서 일하는 사람들은 운동을 위해 따로 낼 시간이 없었다. 운동을 위해 줄일 잠은 더욱 없었다. 운동을 위해 시간을 낼 수 있는 사람은 사장 혼자뿐이었다. 그래서 사장은 대부분 혼자서 운동장을 뛰거나 공을 튀기거나 했다.

그는 운동복을 입은 채로 회의를 진행하기도 하고, 공장 안을 뛰어다니며 직원들을 독려하기도 했다. 직원들은 그의 그런 모습에 익숙해 있었다.

어느 날 한 무리의 사람들이 그의 공장으로 몰려왔다. 피켓을 든 사람도 있고, 머리띠를 동여맨 사람도 있었다. 사람들은 노래를 부르고 구호를 외쳤다. 창문을 통해 그 광경을 내다보던 사장이 얼굴을 찌푸렸다. 그 사람들이 공장 정문 앞에서 무얼 하는지 그는 알고 있었다. 한두 번 겪은 일이 아니었기 때문이다. 심심하면 한 번씩 몰려와서 시끄럽게 떠들고 돌아가는, 천하에 할 일 없는 한심한 종자들이라는 것이 사장의 평가였다. 그들은 인근에 들어선 신축 아파트의 주민들이었다. 그들은 그의 공장이 폐수와 매연을 방출해서 주민들의 건강과 생명을 위협하고 있다고 주장했다. 그들이 외치는 구호 중에는 공장을 이전하라는 것이 포함되어 있었다. 사장은 물론 콧방귀도 뀌지 않았다. 그의 입장은 견고했다. 첫째, 아파트가 들어서기 훨씬 전부터 공장이 그 자리에 있었으므로, 만일 어느 한쪽이 꼭 이전을 해야 한다면 그건 아파트지 공장이 아니라고 그는 주장했다. 두 번째로 공장 때문에 주민들의 건강이 나빠지고 생명의 위협까지 받는다는 말은 순 억지고 허풍이고 공갈이라는 것이 그의 또 다른 주장이었다.

"이 공장 안에서 제일 시간을 많이 보내는 사람이 나야. 나는 아침 7시에 출근해서 밤 10시에 퇴근해. 하루 스물네 시간중 평균 열다섯 시간을 이 공장에서 보내는 셈이지. 그러면 누구보다 내가 먼저 건강에 문제가 생겨야 할 텐데, 보라고, 내가 얼마나 건강한지. 나는 병원 근처에도 가지 않는 사람이야. 나보다 힘이 넘치는 사람이 있으면 나와보라고."

그렇게 말하며 영하의 날씨에도 스스로 웃통을 벗어부치기까지 했다. 그는 국가 경제에 이바지한다는 자부심이 대단한 위인이었고, 그런 자부심은 생산업에 종사하는 자기 같은 사람의 기를 꺾으려고 피켓 들고 몰려들어 귀찮게 구는, 환경 운운하는 작자들에 대한 험악한 적대감으로 표출되곤 했다. 그는 기회가 주어질 때마다 자기 공장 앞에 몰려와 악을 써대는 사람들을 아무짝에도 쓸모없는 종자들이라고 비난했다.

"오늘은 다른 날과 달리 분위기가 좀 심상치 않은데 어떻게 할까요?"

비서가 그에게 물었다. 그의 입에서 버럭 고함이 터져나왔다.

"뭘 어떻게 해. 내버려둬. 문 걸어 잠그고 일이나 하라고. 한두 번 겪어? 늘 그랬듯 저러다 지치면 돌아들 가겠지. 나는 운동이나 하겠어."

그는 곧바로 운동복으로 갈아입고 운동장으로 뛰어나갔다. 마치 과시라도 하는 것처럼 그는 공장 담을 타고 빠른 속도로 달리기를 했다. 그 모습은 자기 공장으로 몰려와 시위를 하고 있는 사람들에게 시위를 하는 것처럼 보였다. 봐라. 나는 매일 이렇게 뛴다. 우리 공장이 오염 물질을 배출한다고? 그래서 건강이 어떻고 생명이 어때? 공연히 몰려와서 국가 경제의 역군들 기 꺾지 말고 너희도 우리처럼 좀 생산적인 일이나 해라. 그런 속셈을 가진 달리기였다.

과시하려는 의욕이 지나쳤던 것일까, 평소보다 빠른 속도로 운동장을 세 바퀴 돌았을 때였다. 시위대가 진을 치고 있는 정문 쪽을 향해 가던 그의 몸이 스프링처럼 휘청거리는가 싶더니 앞으로 고꾸라졌다. 그 모습을 지켜보던 이들은 돌부리에라도 걸려 넘어진 것으로 생각했는데, 그렇지가 않았다. 그는 넘어진 자리에서 일어날 줄 몰랐다.

지칠 줄 모르는 체력의 소유자이며 철인이라고 불리던 한 남자가 자기 공장 부지 안에서 어이없이 쓰러진 내막이 대충 이랬다. 병원에 실려 간 그는 하루가 지난 다음 잠깐 의식이 돌아

왔다가 다시 깊은 잠에 빠져들었고, 그로부터 열 시간 후에 숨이 멎었다.

그를 처음 진단한 의사는 불쑥 "이 사람, 직업이 광부예요?" 하고 물었다. 그것이 첫마디였다. 그리고 의사는 환자의 상태에 많은 우려의 말을 했다. 그 가운데서 잊히지 않는 말은 이것이다.

"이건 심하게 오염된 환경, 이를테면 탄광 같은 데서 아주 오랫동안 일을 해온 사람에게 나타날 수 있는 건데…… 운동을 아주 많이 했다고요? 운동을 할 때는 자연 호흡이 가빠지게 마련이니까, 공기가 나쁜 데서는 운동을 하면 안 되지요. 공기 나쁜 데서 오랫동안 심하게 운동을? 최악이네요."

낯설지 않습니다

낯선 것은 나쁘고 위험하며, 익숙한 것은 좋고 안심할 만하다는 상식 씨의 생각은 어린 시절에 형성된 것이다. 그 생각을 심어준 사람은 그의 어머니였다. 어렸을 때 그의 어머니는 낯선 사람이 맛있는 걸 사준다고 해도 절대 따라가지 말라고 일렀다. 거의 모든 아이가 이런 말을 듣고 자란다는 것을 생각하면 어머니에 대한 그의 애착이 좀 유난했다고 할 수 있을 것이다. 상식 씨는 어머니의 말을 어긴 적이 없었다. 하기야 그에게 맛있는 걸 사주겠다며 따라오라고 한 사람이 없었으니까 어기려고 해도 어길 수가 없는 일이긴 했다. 어머니는 어린 상식 씨를 거의 집에서만 놀게 했다. 밖에 나가는 경우도 집 근처 골목이나 기껏해야 학교 운동장 정도였다. 그런 경우에도 그는 언제나 자신이 누구와 함께 놀고 있는지 어머니에게 알려야 했는데, 만일 이름을 들어보지 못한 친구가 한 명이라도 끼어 있으면 그녀는 아들을 바로 집으로 데리고 가버렸다. 그가 어머니의 충고를 의심 없이 받아들인 것도 그 어머니야말로 그에게는 가장 익숙한 존재였기 때문이다. 어떨 때는 자기 자신보다 더 익숙하게 여겨지는 이가 어머니였다.

그 때문에 자라면서 그는 번번이 따돌림을 받았다. 그러나 그가 따돌림 받는다고 호소하면 그의 어머니는 그까짓 것, 하며 대수롭지 않게 넘겼다. "위험한 것보다 따돌림당하는 것이 낫다." 어머니는 그렇게 말했다. 어머니와 어머니의 말에 익숙한 상식 씨도 그까짓 것, 하며 대수롭지 않게 여겼다.

자연히 그는 항상 혼자 놀았다. 그러므로 그의 어머니는 아들이 낯선 사람과 어울려 위험한 일을 당할까 걱정할 필요가 없었다. 그런데도 그녀는 늘 아들을 걱정했다. 어른이 되어서도 아들 걱정을 멈추지 않았다. "항상 낯선 것을 조심해라." 그 말이 입에서 떠나지 않았다. 그녀는 자신이 아들을 과보호하고 있으며 그로 인해 아들의 사회 적응 능력이 개발되지 않는다는 사실을 깨닫지 못했다.

당연히 상식 씨는 사람들과 더불어 하는 일에는 젬병이었다. 그는 운동을 잘 못했고, 춤을 추지 못했고, 토론에 약했다. 그렇지만 혼자서 할 수 있는 일이 의외로 많다는 것을 상식 씨는 일찍 깨달았다. 그리고 그런 일들에 대체로 흥미를 느꼈고 능숙하게 해내기도 했다. 그는 혼자 걸어 다녔고 혼자 음악을 들었고 혼자 책을 읽었다. 그는 만화책만 있으면 밥 먹을 생각도 하지 않았고, 컴퓨터게임을 하면서 하룻밤 새우는 것쯤은 식은 죽 먹는 것보다 쉽게 해냈다.

상식 씨는 늘 같은 옷을 입고 같은 구두를 신고 같은 음식을 먹고 같은 사람을 만나거나 만나지 않고 같은 길을 조심조심 걸어 다니고 같은 텔레비전 방송을 보거나 보지 않았다. 그의 옷장에 같은 색, 같은 디자인, 같은 무늬의 셔츠와 재킷이 여러 벌 걸려 있다는 것을 사람들은 몰랐다. 그는 전철이나 버스에서 모르는 사람과 눈이라도 마주치면 어쩔 줄 몰라 하며 시선을 피했다. 좁은 골목길에서 낯선 사람과 부딪치면 그 사람이 지나갈 때까지 벽에 얼굴을 대고 기다렸다. 모르는 사람과 엘리베이터를 같이 타지 않으려고 여러 대를 그냥 보내기도 했다. 사람들은 그런 그를 답답해했다. 불편해서 어떻게 살까, 하고 걱정하기도 했다. 그러나 그는 답답하지 않았고 불편하지 않았다. 세계는 좁았지만 좁은 세계 속에서 안심하며 살았으므로 불만이 없었다.

그런 상식 씨가 회사 내의 누군가를 사랑하게 되었다는 것은 뉴스가 아닐 수 없었다. 하기야 그가 취직한 것도 사건이라면 사건이었다. 오랫동안 혼자 방에 틀어박혀 만화와 컴퓨터에 빠져 지낸 세월이 그에게 남다른 재능을 선물했다. 그는 컴퓨터 그래픽의 전문가가 되어 있었다. 그건 그렇다고 해도, 익숙한 것이 아니면 눈도 돌리지 않는 그가 옆 사무실의 정순이라는 이름의, 자기보다 세 살 많은 여직원과 연애를 시작한 것은 놀라운 일이 아닐 수 없었다. 더구나 소문에 의하면 상식 씨가 먼저 사귀자고 했다지 않는가.

상식 씨는 매일 그녀의 책상 위 꽃병에 꽃을 사서 꽂았고, 하루에도 몇 통씩 사랑의 편지를 보냈다. 이메일과 메신저와 엽서가 동시에 동원되었다. 출근 시간에는 그녀의 집 앞에서 기다리고 퇴근 시간이면 그녀의 사무실 앞에서 기다렸다. 어떻게 그럴 수 있을까. 낯선 사람을 향한 그의 그런 열정은 이해하기 힘든 것이었다. 상식 씨를 아는 사람들은 미스터리라며 고개를 갸우뚱했다.

그 이유가 무엇인지 물은 사람이 없을 수 없었다. 그러나 대부분의 경우 상식 씨는 씩 웃기만 할 뿐 말을 하지 않았다. 어떤 사람이 꽤 집요하게 물고 늘어지자 겨우 한다는 말이 "정순 씨는 낯설지 않아요. 하나도 낯설지 않아요"였다.

그 정도로 헌신적으로 매달리면 누구라도 넘어가지 않을 수 없을 거라고 사람들은 생각했고, 그대로 되었다. 오래지 않아 옆 사무실의 여직원은 그의 집요한 구애를 받아들이기로 했다. 그녀가 사랑을 받아들인 다음에도 상식 씨의 태도에는 변화가 없었다. 그는 한결같은 사람이었다. 여전히 매일 꽃병에 꽃을 사서 꽂았고, 이메일과 메신저와 엽서를 동원한 사랑의 편지 공세를 계속했고, 출근 시간과 퇴근 시간의 에스코트 역시 변함없이 이루어졌다. 퇴근 후에 식사와 커피가 추가된 것이 달

라진 것이라고 할 수 있었다.

사랑을 구할 때의 태도와 사랑을 얻고 난 후의 태도가 같을 수 없다는 일반화된 생각이 있다. 낚은 고기에게 미끼를 주는 건 어리석은 짓이라는 속설도 있는 형편이다. 그런 세태를 감안하면 그의 한결같음은 보기 드문 미덕이라고 해야 할 것이다.

정순 씨도 처음에는 상황이 바뀌었는데도 달라지지 않는 상식 씨에게 여간 감동한 것이 아니었다. 그의 사랑을 받아들인 건 잘한 일이라고 스스로를 치켜세우기도 했다. 그렇지만 어느 정도 시간이 흐르면서 그녀는 매일 똑같은 꽃들과 이쪽의 형편을 고려하지 않은 아침저녁의 에스코트와 한결같은 편지 공세와 똑같은 식당과 커피숍, 바뀔 줄 모르는 메뉴에 질리기 시작했다. 자기도 모르는 사이에 아주 조금씩 싫증이 쌓여갔다. 그녀는 그가 성실한 것이 아니라 융통성이 없는 것이 아닌지 의심하기 시작했다.

"사람이 어쩌면, 그렇게 한결같아요? 지겹지도 않아요? 사 오는 꽃도 맨날 같고, 먹는 음식도 똑같고, 가는 길도 똑같고, 편지 문구는 또 어쩌면 판에 박은 듯 똑같은지……."

상식 씨는 정순 씨가 어떤 불만을 가지고 있고 무엇을 원하는지 알 것도 같고 모를 것도 같았다. 머리로는 알 것 같은데 몸으로는 잘 알아지지 않았다고 할까. 그는 달라질 수 없었다. 익숙한 것이 편하고 좋았다. 다른 꽃을 살 수 없었고, 다른 식당에 갈 수 없었고, 다른 길을 갈 수 없었고, 다른 문장을 쓸 수 없었다. 그리하여 상식 씨가 받아들이기 어려운 일이 일어났다. 정순 씨는 그와의 데이트를 거절하기 시작했고, 상식 씨는 그녀의 변심을 이해할 수 없었지만, 없었기 때문에 성실하고 헌신적인 애인의 모습을 한결같이 유지했다. 정순 씨는 자기가 냉정하게 대하는데도 상식 씨가 한결같기 때문에 두려움을 느꼈다.

그녀는 마침내 더 이상 만나지 않겠다고 절교를 선언하고 그를 피했다. 꽃도 편지도 에스코트도 거절했다. 꽃은 꺾여 쓰레기통으로 들어갔고, 편지들은 수신이 거부되었다. 그러나 상식 씨는 그녀의 뜻을 받아들일 수 없었기에 한결같이 꽃을 사 나르고 편지를 쓰고 그녀의 집과 사무실 앞에서 그녀를 기다렸다. 그녀가 경찰에 신고한 것은 정말로 신변에 위협을 느꼈기 때문이다. 남자의 고요한 집착이 그녀를 겁먹게 했다. 상황의 어떤 변화에도 변하지 않는(변할 줄 모르는) 남자의 한결같은 익숙함이 그녀에게 위험하다는 경고를 보냈다.

상식 씨는 자기에게 일어난 일을 이해할 수 없었으므로 그의 팔짱을 끼고 연행하려는 경찰에게 필사적으로 저항했다. 그럴수록 경찰은 그를 붙잡은 손에 힘을 주었고, 상식 씨는 거기서 빠져나오기 위해 몸부림을 쳤다.

사흘 후, 보호자 신분으로 경찰서를 찾았다가 자초지종을 듣고 정순 씨를 만나러 온 상식 씨의 삼촌은 그녀를 보자마자 한동안 벌린 입을 다물지 못했다. 상식 씨의 삼촌이 말했다.

"상식이 그놈이 연애를 한다기에, 도무지 이해할 수 없는 일이다 싶었는데, 이제야 알겠네. 그놈이 아가씨에게 왜 그렇게 집착하는지. 아가씨가 상식이 어미를 아주 많이 닮았구먼. 지어미 죽고 영 마음을 못 잡더니, 아가씨에게서 지 어미를 찾은 모양이야."

그럼 벗고 다녀요?

나도 말 좀 합시다. 사람들마다 입장이란 게 있는 건데, 그쪽만 일방적으로 떠들면 되나요? 공평해야지요. 아, 짜증 나. 왜들 그러는지 모르겠어요, 진짜. 누가 뭘 입고 다니든 도대체 그게 무슨 상관이에요? 내 몸에 걸치는 옷도 내 맘대로 못 입고 다녀요? 옷 입는 것 가지고 이러쿵저러쿵하는 거, 이거 되게 후지고 촌스럽다는 거 몰라요? 개인의 자유로운 표현에 대한 부당한 간섭이고 억압이고 테러라고요. 누가 벗고 다녔어요? 속옷에서부터 겉옷까지 반듯하게 차려입었잖아요. 옷 입는 것까지 일일이 검열받으며 살아야 돼요, 우리가? 요즘 세상에? 옷 긴다고 생각 안 해요? 사회적 공감대가 어떻고 저떻고, 위화감 조성하네 어쩌네, 찧고 까부는데, 그런 뚱딴지같은 소리가 어디 있어요? 나 참, 옷 입는 거하고 그거하고 무슨 관련이 있다는 겁니까? 남이야 춥게 입고 다니든 덥게 입고 다니든 대체 무슨 상관이냐고요? 길게 입고 다니든 짧게 입고 다니든, 어울리게 입고 다니든 어울리지 않게 입고 다니든 신경 쓸 거 없잖아요? 비싼 옷 입고 다닌다고 트집들인데, 아니, 비싼 옷인지 싼 옷인지가 왜 그렇게 문제가 되나요? 비싸다 싸다 하는 것도 그렇지요. 그거 완전 상대적인 거잖아요. 배추 한 포기가 1만 원이라면 비싸다고 하겠지만, 100만 원짜리 텔레비전은 비싸다고 하지 않잖아요. 동네 커피숍에서는 4000원짜리 커피도 비싸다고 하지만 호텔 커피숍에서는 1만 원 내고도 비싸다고 하지 않잖아요. 안 그래요? 또 어떤 사람은 비싸다고 느끼는 걸 다른 사람은 싸다고 느낄 수도 있는 거고요. 형편과 수준이 다 다르잖아요. 사는 동네가 다르고 경제적 사정이 다르잖아요. 세상에 정해져 있는 건 하나도 없다고 생각해요. 세상에는 싼 물건도 없고 비싼 물건도 없어요. 싸다고 느끼는 사람과 비싸다고 느끼는 사람이 있는 거지요. 그러니까 비싸냐 싸냐를 결정하는 것은 개인, 개인의 사정이란 말입니다. 모든 사람에게 조건 없이 적용할 수 있는 일반적인 기준 같은 건 없다 그 말이에요. 남이 입는 것 먹는 것 타고 다니는 것 보고 비싸다 싸다 옆에서 그럴 필요 없다 그 말이라고요. 사람들이 왜 그렇게 할 일들이 없어요? 그러니까 내 말은 누가 비싼 옷 입고 다닌다고 비난하는 것, 되게 비이성적이고 사리에 맞지 않은 처사다 그 말입니다. 200만 원도 안 되는 월급쟁이 마누라가 밍크코트를 입고 다닌다면, 물론 그럴 수야 없겠지만 만약 그런다면요, 그건 좀 이상하겠지요. 그런다고 비난할 것까지야 없지만. 사람마다 신분이라는 게 있고 분수라는 게 있잖아요. 입을 만하니까 입는 거 아니겠어요? 우리 집 남편 봉급이 얼마냐고요? 딱하기도 하셔라. 우리가 월급 몇 푼 가지고 사는 사람 같아요? 그렇게 시시해 보여요? 이 옷 나한테는 진짜 비싼 거 아니에요. 값이 얼만지는 말하고 싶지 않네요. 또 위화감이니 상대적 박탈감이니 뭐니 해가며 촌스럽고 시대에 뒤떨어진 잣대를 들이댈 게 뻔하니까요. 제 말 좀 들어보세요. 이 옷은 내 옷이에요. 남의 옷 훔쳐 입고 나온 게 아니란 말입니다. 알겠어요? 만일 내가 남의 옷을 훔쳐 입고 나왔다면 당연히 문제를 삼아야겠지요.

문제만 삼겠어요? 당장 잡아들여야지요. 그건 범죄니까. 그런데 나는 훔친 게 아니란 말입니다. 나는 우리 집 옷방에서 내옷을 입고 나온 거예요. 입으라고 있는 게 옷 아닙니까? 옷을 입지 않고 먹겠어요? 물론 없으면 입고 싶어도 못 입지요. 있으니까 입는 거지요. 우리 집에 있는 옷을 내가 입고 나온 게 어째서 문제예요? 그러면 있는 옷을 입지 말아요? 입지 말고 장롱 속에 모셔놓기만 해요? 아니면 멀쩡한 걸 쓰레기통에 버려요? 태워요? 아니잖아요. 있는 옷은 입어야 하잖아요. 입으려고 산 거니까 입어야 하잖아요. 입는 게 자연스러운 거잖아요. 다들 그러잖아요. 근데 왜 그걸 이해하지 못해요? 근데 왜 그걸 이해하지 않으려고 해요? 무슨 심술이에요, 대체? 뭐라고요? 그 옷들을 모두 돈을 주고 샀느냐고요? 내 돈을 주고 샀느냐고요? 그게 궁금하세요? 그럼 제가 물어볼게요. 당신들은 어떠세요? 당신들이 가진 것들, 옷이든 뭐든, 모두 당신들 돈을 주고 샀나요? 당신 집에는 돈을 주고 산 것만 있나요? 물론 주로 돈을 주고 샀겠지요. 그렇지만 선물 받은 것도 있지 않아요? 부모로부터 물려받은 것도 있고. 나도 그래요. 나도 내 돈 주고 산 것도 있고, 선물로 받은 것도 있어요. 물려받은 것도 있고요. 선물을 다른 사람보다 좀 많이 받는 사람도 있지요. 부모님한테 남보다 더 많이 물려받는 사람도 있고요. 그걸 비난한다는 건 쪽팔리고 찌질하고 속보이는 짓 아녜요? 못 가진 사람들의 사회정의 어쩌고 하는 주장의 진짜 동기가 가진 자들에 대한 질투심이고 동경이라는 사실이야 비밀도 아니지요. 그렇게 하면 옳지 않아서가 아니라 자기네도 그렇게 하고 싶은데 그렇게 하지 못하니까, 그럴 능력이 안 되니까 그렇게 하는 사람들, 그렇게 할 능력이 있어서 그렇게 하는 사람들을 야유하고 헐뜯고 매도하고 하는 건 진짜 유치한 코미디 아니에요? 누가 했는지 그 말 참 잘했어요. 마녀사냥이요. 아주 적절한 말이에요. 세상에! 마녀가 어딨어요? 사냥이 있는 거지요. 이성적으로 생각해보자고요. 그래요. 솔직히 말해서 우리 집이 선물을 좀 많이 받는 편이에요. 몇 년 전에 도둑놈이 어떤 정치인 집을 털어놓고는 무슨 의적이라도 되는 것처럼 나불거린 적이 있지요? 그때 그 도둑놈이 말하기를, 그 집에 들어갔더니 선물 상자가 발길에 채이더라 그랬어요. 뜯지도 않은 채 쌓여 있는 것도 상당하더라는 말도 했고요. 생각나요? 그 도둑놈 말이 다 거짓은 아니에요. 사실 우리 집에도 귀찮아서 뜯어보지 않은 선물 상자가 없지 않아요. 바쁘다 보면 그럴 수 있는 거지요. 선물 받는 걸 문제 삼으려고 하실지 모르겠는데, 그게 그렇게 간단하지가 않아요. 받지 않으면 주는 사람이 얼마나 무안해하고 섭섭해하는지 알아요? 그거 경험해보지 않은 사람은 이해 못 할 거예요. 어떤 사람은 원한을 갖기도 해요. 성의를 무시한다고 떠들고 다니는 건 그나마 순한 쪽이고요. 그것 정말 못할 짓이더라고요. 어떤 사람은 슬쩍 우리 차 트렁크나 집 현관에 놓고 가기도 해요. 그걸 안 받겠다고, 무슨 도덕군자처럼 돌려주면 선물을 준 사람이 어떻게 생각하겠어요? 그 사람 입장이 뭐가 되겠어요? 유난 떤다고 비아냥거릴걸요? 그럴 땐 정말 환장하지요. 그러니 어떻게 해요? 내키지 않아도 받아둘밖에요. 이런 말 어떻게 들릴지 모르겠는데, 선물 처치하는 게 고민거리긴 해요. 뭐 모든 선물이 내 입맛에 맞는 건 아니거든요. 솔직히 말해서 나도 안 받고 싶은 게 있다니까요. 하기야 아주 가끔이지만, 내 취향에 맞는 이런 옷을 선물 받으면 기분이 날

아갈 것 같긴 해요. 그렇지만 늘 그런 건 아니니까 집 안에 뜯지 않은 선물 상자가 쌓여 있는 거지요. 버릴 수는 없고, 아까 말한 것처럼 돌려줄 수도 없고, 그렇다고 누굴 주기도 그렇고요. 언젠가 남편 부하 직원의 아내가 우리 집 김장할 때 도와주러 왔길래(김장도 도와주느냐고요? 글쎄, 그러더라고요. 나야 그런 부탁을 하지 않지요. 우리야 뭐 일하는 아줌마가 따로 있으니까. 도와달라고 할 이유가 없지요. 그런데도 우리 집 김장하는 걸 어떻게 알고 오는 사람들이 있어요. 자기들이 우러나와서 그런다는데 난들 어떻게 해요?) 내가 선물로 받은 옷 가운데 한 벌을 입으라고 주었는데, 펄쩍 뛰더라고요. 자기가 그걸 어떻게 입느냐고요. 하기야 그렇긴 할 거예요. 옷값이나 브랜드가 그 여자 신분으로는 되게 부담스러웠을 테니까요. 그리고 자기가 선물을 하면 모를까 거꾸로 나한테 어떻게 받나, 그런 생각도 했을 거고요. 이런 걸 받고 무얼 주어야 하나, 어떻게 갚아야 하나, 그것도 고민거리였을 거 아녜요? 난 다 이해해요. 일하는 아줌마한테도 입으라고 줘봤는데, 사모님들이나 입는 걸 자기가 어떻게 입느냐고 하고…… 그러니 어떻게 해요.

참 나, 나름 고충이 있다니까요. 문제가 된 실크 몸뻬라는 것도 그래요. 무슨 몸뻬를 실크로 만들어 입느냐고 난리들인데 당신네들이 생각하는 것하고는 사정이 달라요. 그 아이디어를 낸 사람이 나니까 내가 자세히 말을 해줄게요. 그게 어떻게 된 거냐 하면 말이지요, 우리 봉사 모임이 있잖아요. 한 달에 한 번씩 복지원에 가서 허드렛일을 도와주고 그러는데요, 한번은 복지원 직원이 지나가는 말로 그렇게 고급스러운 옷을 입고 일을 하시면 옷을 버릴 텐데, 그러더라고요. 그 말이 일리가 있게 생각되지 뭡니까? 아무래도 우리가 입고 있는 원피스나 치마가 일하는 데 방해가 되지요. 그래서 제가 의견을 냈어요. 복지원에서 일할 때는 몸뻬를 입자, 집에 쌓여 있는, 입지 않은 옷을 활용해서 몸뻬를 만들어 입자고 제안한 거예요. 다들 찬성을 했어요. 그래서 다들 자기 집에 있는데 잘 안 입는 옷을 개량해서 몸뻬를 만들어 입은 거예요. 가상하잖아요. 그걸 가지고 몇 백만 원짜리 몸뻬니, 사모님들은 몸뻬도 비단으로 된 걸 입느니 하고 비아냥거리듯 신문에다 쓰면 안 되지요. 왜 몸뻬를 입고 봉사하는 사모님들을 주목하지 않고 비단 몸뻬를 들먹여요? 왜 달은 안 쳐다보고 달을 가리키는 손가락을 봐요? 대체 왜들 그래요? 좀 분별력 있게 생각해봐요. 위화감이니 사회적 공감대니 지도층의 책임 의식이니 하는 말들, 다 좋은 말이라는 거 알아요. 근데 그 좋은 말들을 개인이 자기 취향에 따라 자기가 가지고 있는 옷을 차려입는 데다가 갖다 붙이지 않았으면 좋겠어요. 그거 무지 촌스럽고 유치한 위선이라는 거, 당신네들이 제일 잘 알잖아요. 나는 1킬로도 내 발로 직접 걷기 싫은 사람이지만, 자기 발로 지구를 네 바퀴 반이나 돌았다는 노처녀한테 불만 없어요. 저 좋아서 하는 거잖아요. 나는 밀가루 음식을 좋아하지 않지만 하루 세 끼 빵만 먹는다는 사람한테 왜 그런 걸 먹고 사느냐고 비난하지 않아요. 내가 왜 그러겠어요? 왜냐하면 그건 어떤 경우에도 존중되어야 할 그 사람들 개인의 취향이고 기호고 삶의 방법이니까요. 내가 무슨 옷을 입든 그건 내 취향이고 기호고 삶의 방법인 거예요. 제발 좀 나를 내버려둬요. 내가 짧은 옷을 입든 긴 옷을 입든, 흰옷을 입든 검은 옷을 입든 대체 당신들하고 무슨 상관이에요? 그럼 벗고 다니란 말이에요, 뭐예요, 도대체?

분실 사건

케이가 휴게소 식당에 지갑을 놓고 나왔다는 것을 깨달은 것은 고속도로를 한 시간쯤 달린 후였다. 케이는 얼굴이 벌겋게 되어서 안절부절못했다. 당장 차를 돌려 지갑을 찾으러 가야 한다고 수선을 피웠다.

승용차에는 세 명이 타고 있었다. 그들은 같은 회사 동료들로 지방 출장에서 돌아오는 중이었다. 케이가 하도 호들갑을 떨며 지갑을 찾으러 가야 한다고 했기 때문에 동료들은 다른 의견을 낼 수가 없었다. 피곤하긴 했지만 출장에서 돌아오는 길이니 시간을 내지 못할 이유도 없었다. 그들은 다음 휴게소에 들어가서 회차할 수 있는지 알아보기로 했다. 케이는 운전하는 동료에게 속도를 내라고 요구하며 엉덩이를 들썩였다. 금방이라도 차에서 내려 뛰어갈 기세였다.

"바보 같은 놈. 그걸 놓고 오다니. 어떻게 지갑을 잃어버릴 수가 있어? 에이, 바보 멍청이."

그는 자신의 뺨을 때리기라도 하는 것처럼 심한 자책의 말을 했다. 그가 하도 울상을 짓고 초조해하니까 다른 동료들도 덩달아 불안해졌다. 꼼꼼하고 세심한 성격의 케이가 지갑을 잃어버린 것도 의외지만, 그런 일로 어쩔 줄 몰라 하는 모습도 의외였다. 운전을 하는 제이가 지갑 속에 중요한 것이 들어 있느냐고 물은 것은 그래서였다. 케이가 보이는 반응이 지갑을 잃어버린 사람의 반응치고는 아무래도 지나쳐 보였던 것이다. "중요한 게 들어 있느냐니? 지갑을 잃어버렸다니까." 케이는 볼멘소리를 했다. 그 말은 지갑 속에 들어 있는 것이 중요한 것이 아니라 지갑이 중요하다는 뜻으로 들렸다. "지갑이 비싼 거야?" 하고 물은 것은 뒷자리의 동료였고, 운전을 하는 제이가 오래 써서 낡고 테두리가 해진 케이의 지갑을 기억해냈다. "유명 브랜드 지갑도 아니던데? 오래 썼고. 지갑 잃어버린 건 물론 속상하겠지만 너무 조급해하지 말고, 그 안에 뭐가 들어 있었는지

나 생각해봐." 지갑에는 10만 원가량의 현금과 신용카드 세 장과 주민등록증과 가족사진이 들어 있었다. 동료들이 그를 설득해서 일단 신용카드 분실 신고를 하게 했다. 카드 회사 직원은 분실 시점으로부터 카드가 사용되지 않았으니 염려하지 말라고 친절하게 알려주었다.

다행히 다음 휴게소에서 차를 돌릴 수 있었다. 가는 중에 지갑을 두고 온 것으로 추정되는 휴게소의 전화번호를 알아내 전화를 걸었다. 혹시 지갑을 보관하고 있는지 묻자마자 브라운색 DS 제품이냐는 질문이 돌아왔다. 케이가 그렇다고 하자 직원은 지갑 소유자의 이름을 물었다. 케이는 자기 이름을 불러줬다. 휴게소 직원은 어떤 손님이 식당 바닥에 떨어져 있는 것을 주워다 맡겼다면서 잘 보관하고 있으니 찾으러 오라고 대답했다. 카드 세 장과 9만 7000원의 현금과 주민등록증과 가족사진이 그대로 있다는 사실을 확인해주었다.

"잘됐네." 제이가 환한 목소리로 말했다. 뒷자리의 다른 동료도 "숨 막혀 죽는 줄 알았잖아. 이제 숨을 제대로 쉬겠어" 하면서 껄껄 웃었다. 케이에 의해서 만들어졌던 차 안의 침울하고

조마조마한 분위기가 빠르게 풀려나가고 있었다. 그렇게 될 것 같았다. 그렇게 되어야 했다. 그렇게 되는 것이 당연하고 자연스러웠다. 지갑은 얌전히 보관되어 있고, 이제 곧 찾을 테니까.

그러나 케이의 얼굴은 조금도 펴지지 않았다. 그는 여전히 울상이었고 조급해 보였고 금방이라도 뛰어내려 달려갈 것처럼 엉덩이를 들썩였다. "이제 그만 인상을 펴시지" 하며 농담을 건넨 동료가 머쓱해져서 창밖으로 시선을 피할 정도였다. 말하지 않은, 혹은 말할 수 없는 엄청나게 중요한 무엇인가 그 지갑 안에 들어 있는 모양이라고 생각할 수밖에 없었다. 값으로 따질 수 없는 어떤 것, 가령 누군가에게서 선물을 받았든가 소중한 사람과의 추억이 담겨 있는 무엇이 들어 있을 수 있었다. 그렇지 않고서야 저렇게까지 초조할 리 없다는 게 차 안에 타고 있던 두 사람의 공통된 생각이었다. 두 사람은 그렇게 이해하고 차 안의 숨 막힐 것 같은 공기를 얼마간만 견디기로 했다. 곧 지갑이 보관되어 있는 휴게소에 도착할 것이고, 지갑을 받을 것이고, 그러면 문제가 해결될 테니까.

문제는 휴게소에 도착하고 온전히 보관되어 있는 지갑을 전해 받은 다음에도 케이의 상태가 달라지지 않은 데 있었다. 그는 여전히 울상이었고 초조해 보였고, 아까부터 하던 자책의 말을 계속했다.

"에이, 바보 같은 놈. 어떻게 지갑을 잃어버릴 수가 있어. 에이, 바보 멍청이."

동료들은 그런 케이를 이해할 수 없었다. "찾았잖아. 무슨 중요한 것이 들어 있었는지 모르지만, 잃어버린 것도 없고 그대로잖아. 이제 그만 진정하지." 더 봐주기 힘들다는 듯 제이가 약간 짜증스럽게 말했다. 그러나 케이에게는 동료의 말이 들리지 않는 모양이었다. 그의 자책이 이어졌다.

"지갑을 두고 오다니. 바보 멍청이 같은 놈. 어떻게 그렇게 부주의할 수가 있어. 어떻게 네가, 다른 사람도 아니고 케이 네가 어떻게 그럴 수 있어. 바보 멍청이."

두 동료는 서로의 얼굴을 쳐다보며 이해할 수 없다는 눈빛을 주고받았다. 그제야 케이가 왜 그러는지 이해하게 되었지만, 그들이 이해하게 된 그것은 그들이 이해할 수 없는 것이었다. 케이에게 중요한 것은 지갑 속에 들어 있는 것도, 지갑에 얽힌 추억도 지갑 자체도 아니고, 지갑을 잃어버렸다는 사실이었다. 케이는 무엇을 잃어버린 자기의 부주의를 용서할 수 없었던 것이다. 아닌 게 아니라 꼼꼼하고 세심한 성격의 케이가 초등학교에 들어간 이후 무엇을 잃어버린 것은 그때가 처음이었다.

기이한 중독

　1년간 사귀어온 여자로부터 이별을 통보받고 한우는 방 안에 틀어박혔다. 그가 방에 틀어박히기 전에 남에게 공개하고 싶지 않은 민망한 행동을 여러 차례 했다는 사실을 굳이 숨길 이유는 없을 것 같다. 구체적으로 말하자면, 그는 이제 그만 헤어지자고 말하고 연락을 끊어버린 여자에게 열여섯 번 전화를 걸었고, 스물다섯 개의 문자를 보냈고, 일곱 번 그녀의 집으로 찾아갔다.

　당연하지만 문자에 대한 답은 오지 않았다. 통화는 단 한 번 이루어졌다. "지저분하게 이럴 거야?" 그것이 한 번의 통화에서 그가 들은 말이었고, 그 말은 그녀로부터 그때까지 한 번도 들어본 적 없는 말이었고, 듣게 될 거라고 상상해본 적도 없는 말이었다. 그녀의 집 앞에서 두 시간을 기다렸다가 귀가하는 그녀와 마주친 그는 사정하고 다짐하고 따져 묻고 빌고 울고, 별짓을 다 했지만 돌아선 연인의 마음을 돌리는 데는 성공하지 못했다.

"이유가 어딨어? 사귈 때 이유가 없었잖아. 헤어질 때도 이유가 없는 거지. 사귈 때 이유가 있었을 수도 있지만, 그 이유라는 게 되게 개인적이고 비논리적이고 말도 안 되는 거여서 말로 하기 어려운 거잖아. 말로 하면 당사자들 말고는 되게 웃기는 거잖아. 헤어지는 데에도 이유가 있을 수 있겠지. 근데 그 이유라는 것 역시, 사귈 때 그랬던 것처럼 되게 개인적이고 비논리적이고 말도 안 되는 거여서 말로 하기 어렵다기보다 말할 필요가 없는 거잖아. 말할 필요가 없는 걸 말해 뭐 해."

이유가 뭐냐고 따져 묻는 한우에게 그녀가 한 말이었다. 그는 그녀의 말에 반박할 수 없었는데, 설득당해서가 아니라 어떤 말을 하더라도 그녀를 설득할 수 없다는 사실을 너무나 분명하게 깨달았기 때문이었다.

전에는 '가슴이 아파서 숨을 쉴 수가 없다'라는 이별 노래의 가사를 들을 때면 그는 엄살이거나 은유적 표현이라고 생각했었다. 그런데 그것이 엄살도 아니고 은유도 아니라는 사실을 실연을 경험한 그는 비로소 알게 되었다. 마음이 아니라 몸이, 은유적으로가 아니라 사실적으로 아팠다. 숨을 쉴 때마다 가슴 한쪽에 뻐근한 통증이 느껴져서 그는 자주 손으로 가슴을 만졌다. 그녀를 생각할 때마다 너무나 사실적으로 통증이 느껴지고 한숨과 함께 눈물이 쏟아졌다. 한숨과 눈물을 남에게 보일 수 없어서 그는 밖으로 나가지 않았다.

주변에서는 맛있는 것을 먹으라고 권하고, 재미있는 예능 방송을 보라고 권하고, 땀을 흘리며 운동을 하라고 권하고, 친구들을 만나라고 권했다. 그 사람들은 뭘 모르는 이들이었다. 그들이야말로 가슴이 아파서 숨을 쉴 수가 없다는 유행가 가사를, 얼마 전의 자기처럼 엄살이나 은유적 표현으로 받아들이고 있는 이들이라고 그는 생각했다. 먹고 싶은 것이 아무것도 없었으므로 먹을 수 없었고, 어떤 방송을 보아도 재미가 없었으므로 텔레비전을 볼 수 없었고, 몸을 움직일 기력조차 없었으므로 운동을 할 수 없었고, 다른 사람과 실없는 이야기를 나

눌 기분이 도무지 나지 않았으므로 친구를 만나러 나갈 수 없었다.

　사람들은 시간이 지나면 괜찮아질 거라고 했다. 그도 그러리라는 걸 알고 있었다. 시간이 지나면 괜찮아질 것이다. 그런데 그 시간이 언제 지나간단 말인가. 그는 당장 죽을 것 같았으므로 아무것도 하지 못했다. 그는 오직 그녀만 생각했다. 그녀를 생각하는 일은 곧 상처를 덧나게 하는 일이므로 할 수 있는 한 그녀를 생각하지 않아야 했고, 최선을 다해 그러려고 했지만 그러려고 해도, 아니 그러려고 하면 할수록 더 자주, 저절로 생각이 났으므로 어쩔 수 없었고, 상처는 낫지 않았다.

　한우는 방에 틀어박힌 채 가슴의 통증을 견뎠다. 그는 실연에 대한 유일한 치료제라고 알고 있는 시간이 그를 고통에서 빼내주기만을 기다렸다. 시간은 유일한 치료제인지 모르지만 효과가 빠른 치료제는 아니었다.

　그는 치료제가 효능을 보이기 전에 사랑(의 아픔) 때문에 죽을 수도 있겠다는 생각을 했다. 전에는 도저히 이해할 수 없어서 비인간적 광기 현상으로 간주해온 순교로서의 죽음이 반드시 불가능하지만은 않겠다는 생각을 하기에 이른 것은 그가 '사랑의 순교자'라는 관념에 사로잡혀 있다는 증거였다. 어느 순간부터 그는 은연중에 자기를 사랑의 순교자와 동일시하곤 했는데, 그럴 때 그는 어두운 방 귀퉁이에 가슴을 움켜쥐고 앉아 오랫동안 허공을 응시했고, 깊은 한숨과 함께 눈물을 흘리기도 했다.

그런 어느 날이었다. 가슴의 통증과 슬픔과 낙담과 우울이 어우러진 그의 절망스러운 내부의 깊은 골방 안으로, 문득 영문 모를 몽롱함과 두근거림이 찾아왔다. 이게 뭐지? 그는 의아해하며 자기 내부에서 일어나는 낯선 움직임에 집중했다. 그 느낌은 독한 감기약을 먹었을 때와 유사했지만 똑같지는 않았다. 설마 그럴 리가, 하고 인정하려 하지 않았지만 그것은 '달콤함'이라고밖에 달리 표현할 수 없는 기이한 것이었다. 가슴이 아파 죽을 것 같은데 달콤함이라니 말이 되는가. 말이 되지 않았다. 그는 모독처럼 느꼈다. 그래서 그는 다른 표현을 찾으려 했다. 그러나 달콤함 말고 다른 것은 찾아지지 않았다.

그 이상한 달콤함은 그를 짓누르는 감당하기 힘든 슬픔과 섞여 거의 분간되지 않았고, 차라리 슬픔의 다채로운 스펙트럼 가운데 하나인 것처럼 여겨졌다. 기이하지만 슬픔의 가장 안쪽에 그런 것이 숨겨져 있다고 추측할 수밖에 없었다. 실제로 그것은 슬픔과 분리될 수 있는 것이 아니었다. 슬픔으로부터 떼어내려고 하는 순간 그 달콤함도 같이 부서져 사라지리라는 걸 그는 직감적으로 알아차렸다. 동시에 그는 인정하고 싶지 않지만 자기가 그 달콤함이 사라지는 걸 원하지 않는다는 사실도 어렴풋이 느꼈다. 그리하여 합리적이라고 할 수 없는 유혹에 행복했다. 그는 그 달콤함이 사라질까 봐 실연의 슬픔에서 놓여나지 않기를 바라게 되었고, 그 달콤함을 다시 맛보기 위해 슬픔의 깊은 곳으로 기꺼이 들어가기를 원하게 되었다.

그는 더 이상 시간이 그의 슬픔을 치료해줄 거라는 생각에 집착하지 않았다. 아니, 그는 더 이상 자기가 치료되어야 하는 환자라는 생각을 하지 않게 되었다. 아픔과 슬픔은 여전했으므로 치료된 것은 아니었지만, 더 이상 치료를 원하지 않았으므로 치료될 수 없었다.

그리하여 자연 치유의 시간, 실연의 아픔과 슬픔으로부터 벗어나기에 충분한 시간이 흘러 더 이상 아프지도 않고 슬프지도 않게 되었음에도 불구하고 그는 그 은밀한 골방에서 빠져나오지 않았다. 슬픔이 그를 놓아주지 않은 것이 아니라 그가 슬픔을 놓아주지 않았기 때문에 슬픔은 그를 떠나지 않았다. 그는 자기를 떠난 여자의 얼굴이 잘 떠오르지 않을 뿐 아니라 어쩌다 떠오르더라도 더 이상 괴롭지 않게 되었음에도 계속 슬픔 속에 머물렀다. 그를 사로잡은 슬픔의 달콤함은 한때 그가 그녀를 사랑하면서 누렸던 것보다 훨씬 감미롭고 자극적이었기 때문에 벗어날 수 없었다.

못지않게 중요한 것

도시는 세일 중이었다. 12월 26일부터 시작한 세일은 한 달 동안 계속되는데, 할인 폭은 시간이 지나면서 조금씩 커진다. 처음에는 20퍼센트나 30퍼센트에서 시작하지만 50퍼센트, 70퍼센트를 지나 끝 무렵에는 심지어 90퍼센트까지 내려간다. 세일 첫날, 백화점이 사람들로 북적거리기만 할 뿐 물건을 사고 값을 치르는 이들이 많지 않은 것은 그 때문이다. 사람들은 자기가 살 물건의 할인율을 확인하고 값이 더 떨어지기를 기다리는 것이다.

그러나 무조건 기다리기만 한다고 해서 원하는 물건을 싸게 살 수 있는 것은 아니다. 이 기간의 쇼핑이 흥미로운 것은 파는 사람과 사는 사람 사이에 시소게임과 같은 긴장이 끼어들기 때문이다. 사지 않고 기다리면 물건값은 내려가지만 자기가 원하는 물건이 팔려나갈 위험도 비례해서 증가한다. 의류의 경우 특히 그 위험률이 높은 편이다. 50퍼센트 할인할 때 사는 것보다 70퍼센트 할인할 때 사는 것이 경제적으로 이익이지만 그것을 기다리다가 자기 몸에 맞는 치수의 옷이 소진되면 아예 살 수 없게 되어버린다. 중요한 것은 적당한 타이밍을 잡는 것인데, 현명해지기가 어려운 것처럼 이 타이밍을 찾는 것도 쉽지가 않다.

쇼핑 타이밍을 잡는 동물적인 감각이 자기 안에 내재되어 있다고 자랑하는 친구가 있다. "돈 있다고 무조건 지르는 건 졸부들이나 하는 짓이지. 그것들은 쇼핑이 그냥 가진 돈을 쓰는 건 줄 알아. 좋은 물건을 최적의 타이밍에 최고로 싸게 샀을 때 얻게 되는 희열을 그런 자들이 알 리 없지. 문제는 적절한 타이밍. 예술가적 직관과 승부사적 배짱이 필요한 영역이지." 이만하면 자신의 소비 행위에 대해 나름의 철학을 지녔다고 할 수 있지 않을까. 쇼핑에 관한 한 그녀의 의견을 무시하는 건 거의 불가능했다. 실제로 그녀가 헐값에 산 유명 브랜드의 가방을 보고 부러워한 친구들이 많았고, 그녀에게 쇼핑 노하우를 전수해달라고 부탁하는 사람은 더 많았다. 말하자면 나도 그런 사람 가운데 한 명이다.

나는 오래전부터 갖고 싶었던, 그러나 값이 만만치 않아 엄두를 못 내고 있던 겨울 코트를 이번 세일 기간에 장만하기로 큰맘을 먹었다. 세일 첫날 나는 퇴근하는 길에 회사 근처의 백화점에 들러 그 코트의 값을 확인했다. 할인은 20퍼센트부터 시작했다. 나는 매일 백화점에 들러 값이 떨어지기를 기다렸다. 그런데 이상하게도 시간이 지나가도 내가 사려고 하는 옷만은 처음 붙었던 20퍼센트에서 값이 더 내려가지 않고 있었다. 세일이 시작되고 3주가 지났을 때 다른 옷들은 70퍼센트까지 내려가 있는데 그 옷만은 20퍼센트에서 요지부동이었다.

매일같이 들러 살펴보기만 하다가 불안해진 나는 종업원에게 왜 그런지 물었다. "저 옷 만든 회사가 정하는 거니까 우린 모르지만, 저런 경우는 인기가 많은 상품이라 그럴 거예요." 점원의 말을 듣자 우울해졌다. 아닌 게 아니라 세일을 시작할 때 여러 벌이던 내 사이즈의 코트가 두 벌밖에 남아 있지 않은 상황이었다. 20퍼센트 할인된 값으로라도 그냥 사야 하는 걸까 고민이 되었다. 더 망설이다 보면 그 옷을 놓칠 것 같아 불안했지만, 거의 모든 상품이 대폭 할인하는, 1년에 한 번 있는 큰 세일 기간에 쥐꼬리만큼 내려간 가격으로 옷을 사 입는다는 것이 억울해서 더 기다려보기로 했다. 그렇게 마음먹고 나자 이번에는 나처럼 그 옷을 눈독 들이고 있는 누군가 한발 먼저 사버릴 것 같아 초조해졌다. 그 코트를 입고 있는 누군가를 거리에서 보게 된다면 약이 올라 죽어버릴 것 같았다.

그때 생각난 사람이 그 친구였다. 나는 전화를 걸어 그녀에게 도움을 청했다. 고맙게도 그녀는 곧바로 달려와주었다. 그 분야의 전문가답게 세일 기간의 물건값은 수요 공급의 법칙이 아니라 수요자들 사이의 눈치와 신경전에 의해 결정된다는 요지의 쇼핑 철학을 한동안 늘어놓던 그녀는 그 코트가 팔려나간 추이로 미루어보건대 더 이상 할인율이 떨어질 가능성은 없으며, 따라서 지금이 구매 타이밍이라고 단언했다. "할인율이 더 내려갈 가능성은 낮고 코트가 팔려나갈 가능성은 높다. 그럴 때는 어떻게 해야 할까? 문제를 단순화하면 답이 쉽지."

내가 망설이는 사이 나처럼 망설이고 있던, 그러나 나보다 욕망이 약간 더 큰 누군가 저 코트를 집어가버리면 그것으로 게임 끝이라고 말함으로써 그녀는 내 욕망을 자극했다. 쇼핑의 고수인 그녀의 말은 이상하게 설득력이 있었다. 그녀의 충고를 듣지 않았다가는 틀림없이 후회하게 될 것만 같았다. 나는 결국 그 코트를 집어 들고 계산대로 갔다.

문제는 사흘 후에 일어났다. 토요일 오후에 그 코트를 입고 시내에 나갔다가 똑같은 코트를 80퍼센트 할인해서 파는 가게를 발견한 나는 뒤로 넘어질 뻔했다. 어떻게 이럴 수 있단 말인가. 어떻게 된 일인지 놀라서 묻는 나에게 그 가게 종업원은 자기네 가게는 세일 초기 20퍼센트에서 시작해서 30퍼센트, 50퍼센트, 70퍼센트로 꾸준히 가격을 낮춰왔으며, 세일 마감을 사흘 앞둔 오늘부터 80퍼센트 할인에 들어간다고 친절하고 자세하게 설명했다. "그럼 사흘 전에는 70퍼센트에 팔았어요?" 하고 묻자 종업원은 그렇다고 대답했다. 훨씬 싸게 살 수 있는 옷을 비싸게 산 것도 억울하지만, 무엇보다 쇼핑의 고수인 그녀에게 실망과 배신감이 견딜 수 없이 컸다. 고수도 실수할 수 있는 게 세상 이치지만, 하필 그 타이밍이 지금이란 말인가. 하필 그 실수를 나한테 한단 말인가. 나는 그녀에게 화풀이를 하든 하소연을 하든 해야 할 것 같았다. 거의 울 것 같은 목소리로 사정 이야기를 하자 침착하게 내 말을 다 듣고 난 그녀는 오히려 나를 나무랐다.

"정보를 충분히 주어야 옳은 결정을 하지. 정보가 부실하면 바른 판단을 하기가 어렵지. 다른 가게에서 그 물건의 세일가가 어떻게 형성되고 있는지는 조사하지 않았잖아."

할인율에 따른 상품의 판매 추이만 따지는 것으로 충분하지 않고, 같은 물건이라도 가게마다 세일가가 다르다는 걸 고려해야 한다는 것. 그러니까 한 매장만 다녀서는 안 된다는 것. 이 집 저 집 돌아다녀봐야 한다는 것. 그런데 그러지 않았다는 것. 그녀는 자기 책임이 아니라는 것을 주장하기 위해 내가 제시한 정보의 부족을 탓했다.

사정이 이러니 마음에 드는 물건을 싸게 사기 위해 중요한 것은 타이밍만이 아니라고 해야 할 것 같다. 타이밍 못지않게 중요한 것이 수고와 노력, 이른바 발품이라는 것이다. 물론 이

것 역시 타이밍 잡는 것 못지않게 어렵다. 이래저래 마음에 드
는 물건을 싸게 사는 것은 쉽지가 않다.

끝까지 가야지

누군가 맥주잔을 부딪치며 축하한다고 했고, 다른 누군가는 장난스럽게 애도의 말을 했다. 30대 초반의 제이가 오랜 연애 끝에 맞아야 하는 결혼의 부담감을 토로한 데 대한 반응이었다. 한 번도 해보지 않은 일이라 그런지 막상 결혼이라는 걸 한다고 생각하니 마음이 시끄럽다는 그의 하소연에 아무도 진지하게 반응하지 않았다. 금요일 저녁 술자리였다. 분위기는 가벼웠고 시끄러웠고 유쾌했다. 누군가 결혼이 사랑의 종착역 아니냐고 덧붙이자 다른 누군가 종착역이 아니라 무덤이라던데 하고 받았다. 종착역이든 무덤이든 무게가 없기는 마찬가지였다. 누구도 종착역과 무덤에 대해 생각하지 않고 그 말을 했다.

그 자리에 모인 다섯 명의 직장인들 가운데 과장을 제외하고 결혼을 해본 사람이 없다는 건 문제가 되지 않았다. 문제는 결혼에 대한 생각을 그렇게 복잡하게, 혹은 심각하게 하고 있는 사람이 없다는 데 있었다. 이런 고민은 닥치기 전에 미리 앞당겨 하기 어려운 문제다. 더구나 결혼 생활을 하고 있는 유일한 사람인 과장은 언젠가부터 고개를 오른쪽으로 15도쯤 꺾고 잠들어 있었다. 술을 마시는 도중 잠깐 눈을 붙이는 것이 그의 별난 술버릇이었다. 삼십 분쯤 토막 잠을 자고 일어나서는 술이 깬 듯 다시 술을 마셨다. 그러니까 그가 눈을 붙이고 있을 때는 그냥 내버려두면 되었다.

제이가 "그러지 말고, 누구 좀 적극적으로 말릴 사람 없어?" 하고 장난스러운 분위기를 꾸짖듯 소리치자 고개를 오른쪽으로 15도쯤 기울이고 잠들어 있는 과장을 제외한 모두의 시선이 에스에게로 향했다. 그 문제라면 마땅히 그에게 답을 구해야 한다는 표정들이었다.

무슨 생각엔가 잠겨 있느라 술자리의 대화에 적극적으로 참여하지 않고 있던 에스는 갑자기 자기에게 쏟아진 동료들의 시선이 부담스러웠다. 마치 수업 시간에 딴짓을 하다가 지적당한 것 같은 기분이었다. 그는 자신의 불성실을 만회하기 위해 무슨 말인가 하지 않으면 안 된다는 사실을 깨달았는데, 무슨 말을 할지 미처 정하지 못한 상태에서 무슨 말인가 나오고 말았다. 그의 입에서 나온 말은 "끝까지 가야지, 그럴 수 있다면"이었다. 생각해둔 말인 것처럼 그 말이 나왔다. 제이가 하는 이야기를 스쳐 듣는 동안 무슨 연상 작용인지 그 문장이 저절로 떠오른 모양이었다.

에스의 맞은편에 앉은, 지금까지 소개팅만 스물아홉 번 했다고 밝힌 바 있는 엠이 통박을 하고 나섰다. "끝까지 가라고? 지금 이 말을 한 사람이 누구지?" 다른 사람들도 어처구니없다는 듯 헛웃음을 지음으로써 에스의 말에 의심과 반감을 표시했다. 에스는 자기가 사람들이 기대하는 말을 하지 않았거나 기대하지 않은 말을 했다는 사실을 깨달았다. 그는 그들이 자기를 바람둥이라고 부른다는 걸 알고 있었다. 그가 이 여자 저 여자 자주 바꿔가며 사귄다는 것은 부정할 수 없는 사실이고, 만일 그런 사람을 바람둥이라고 부른다면 그에게 붙은 별명은 썩 잘 붙인 것이라고 할 수 있었다. 그에 대한 남자들의 은근한(혹은 노골적인) 질시나 비난도 이해하지 못할 바 아니었다.

그런 그가 "끝까지 가야지"라고 말하다니. 속도와 도중하차와 바꿔 타기가 특기인 바람둥이가 할 말인가. 그들이 생각하기에 '끝까지'는 그와는 도무지 어울리지 않은 단어였다.

분위기가 돌연 에스를 취조하는 쪽으로 바뀐 건 이상한 일이 아니었다. 어떤 이는 우회적으로, 어떤 이는 노골적으로 그를 질타했다. 매일 옷과 신발과 가방과 목걸이를 바꾸는 사람이 자기는 패션에 관심 없다고 말하는 것은 부적절할 뿐 아니라 부도덕하기도 하다는 지적이 나왔고, 그 지적은 다른 사람의 동의를 얻어냈다.

당황한 그는, 당황할 때 누구나 그렇듯 솔직해졌다. "사실은 말이지……." 그는 한숨을 내쉰 뒤, 어떤 여자와도 결혼을 고려할 단계까지 사귄 적이 없다고 고백하듯 말했다. 그는 자기가 하는 말이 어떻게 받아들여질지 가늠하지 못했다. 방어를 위해 꺼낸 그 말은 그를 더 난처하게 만들었다. "이 친구 말하는 것 좀 보게. 결혼은 생각 없고 즐기기만 하겠다, 그 말이지?" 마음이 상한 이들은 뻔뻔할 뿐 아니라 오만하고 몰염치하다고 에스를 몰아세웠다. 에스는 자기가 실수했다는 것을 깨달았다. 직장 동료들의 가볍던 호기심이 적대감으로 바뀌는 게 느껴졌다. 어떻게 해야 하나. 오해하도록 내버려두거나 이해할 때까지 자기를 납득시키는 길이 있었다. 평소의 그라면 오해하도록 내버려두는 쪽을 택했을 것이다. 그러나 그는 어느 때보다 무거운 심리적 압박을 받고 있었다. 동료들의 눈빛은 촘촘한 그물이 되어 그를 옥죄었다. 전에 없던 끈질김이었다. 그들을 이해시키는 일이 어렵고 험난할 것이 불을 보듯 뻔했지만, 그럼에도 불구하고 그들을 이해시키기 위해 그 어렵고 험한 일을 하지 않으면 안 되는 처지라는 걸 그는 인정했다.

자, 해명해봐라, 우리가 듣고 판단하겠다, 하는 눈빛으로 침묵하는 심판관과도 같은 얼굴들을 향해 그는 입을 열었다.

"제발 내 말을 오해하지 말고 들어봐. 여자를 세 번 이상 만나는 게 힘들어. 누구에게도 깊이 빠지질 못해. 호감이 생겨서 다가가는데, 그래서 만나다 보면 갑자기 실망스러운 점이 보이는 거야. 그 전에 안 보이던 것이 갑자기 보여. 그러면 정나미가 뚝 떨어지고, 더 만나기 싫어져."

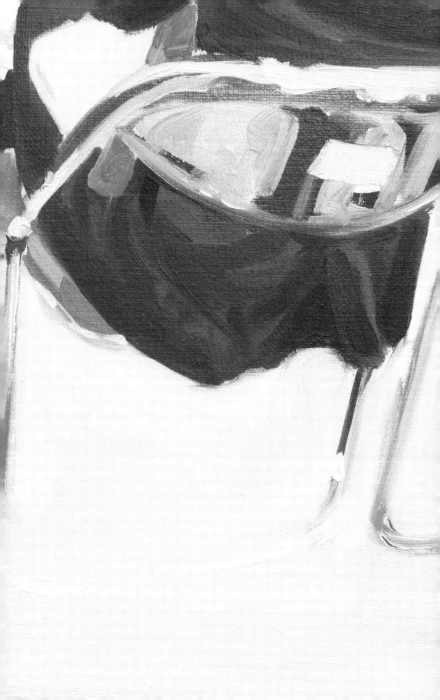

심판관들은 어처구니없다는 표정을 지었다. 에스가 한 말은 바람둥이들의 전형적인 습성에 대한 것이고, 그러니까 그는 자기가 영락없는 바람둥이라고 고백한 것이나 마찬가지였다.

"예를 들어봐. 뭘 보고 실망하게 되는데?" 하고 물은 사람은 결혼을 앞두고 마음이 심란한 제이였다. 에스는 그런 걸 말해야 하나, 하고 주춤하다가 그런 걸 말하지 않으면 가만두지 않을 것 같은 드센 표정들을 향해 더듬더듬 입을 열었다. 밥을 깨작거리며 먹는다든가 잘 보이려고 금방 탄로 날 거짓말을 한다든가 입술을 너무 붉게 칠하고 다닌다든가 어색하게 웃는다든가 송창식이나 김광석을 모른다든가 짝퉁 명품을 들고 다닌다든가 비음을 섞어서 말한다든가 상대방의 몸을 건드리며 말하는 버릇이 있다든가 순진한 척 내숭을 떤다든가 대범한 척 쿨하게 군다든가 하는 약점들을 나열하자 술자리의 분위기는 건잡을 수 없이 험악해졌다. 그것은 물론 에스가 의도한 상황이 아니었다. 그는 자기 뜻이 잘 전달되지 않아 답답했고, 어떻게든 상황을 되돌리기 위해 필사적으로 변명을 늘어놓았다.

그는, 사랑이라고 부를 만한 어떤 과정들을, 감정적으로든 육체적으로든 밟아가다가 어느 지점에서 상대방의 동의를 구하는 일 없이 멈춘 다음, 혹은 멈추지 않은 채로 다른 대상에게로 옮겨 가 그 감정적 육체적 과정을 다시 밟는 사람을 바람둥이라고 해야 한다고 정의를 내렸는데, 딱히 이의를 달 만한 구석이 없었으므로 다들 가만히 듣고만 있었다. 그들은 우리가 듣고 판단할 테니 더 이야기를 해보라, 하는 표정을 유지했다. 에스는 잠시 뜸을 들이다가 자기는 누구와도 사랑의 어떤 과정을, 감정적으로든 육체적으로든 함께 밟아본 적이 없다고 말했다. 많은 여자들과 만나기는 했지만 그들과 사랑이라는 걸 하지 않았다는 그의 말은 누군가에게는 궤변처럼 들렸고, 누군가에게는 단순한 기호들을 나열해서 난해하게 표현한 추상화처럼 이해되었다.

"그럼 퍽 억울하겠네, 연애를 한 번도 하지 않았는데 바람둥이 소리를 듣고 있으니 말이야" 하고 엠이 동정한다는 투로 말했는데, 그 어투와는 달리, 아니 그 어투 때문에 더욱 비아냥기가 묻어났다. 제이가 거들고 나섰다. "그러니까 다른 사람은 열 번 스무 번 만나야 겨우 하거나 그때 가서도 하지 못하는 것을, 그게 감정적이든 육체적이든 말이야, 이 친구는 세 번 만에 싹 해치운다는 말이잖아. 그러고 나면 싫증이 난다는 거네. 역시 선수야." 바람둥이들의 놀라운 속도와 변덕에 대한 비아냥 섞인 찬사와 공박이 이어졌다.

이른바 '사랑의 과정'에 대한 자기의 생각이 일반인의 그것과 차이가 날지 모른다는 의견에 에스는 해명을 해야 했다. 욕망하는 그것을, 그것이 무엇이든, 얻어내고, 얻어냈기 때문에 싫증 내는 게 아니라는 점을 그는 매우 적극적으로 주장했다. 아무것도 얻어내지 않은 상태인데 문득 아무것도 얻어내고 싶어지지 않아버린다고 그는 말했다. 연애의 에너지 공급원인 욕망이 시들어버리니 연애가 지속될 리 없지 않느냐는 요지의 말이었다.

듣기가 짜증스러웠는지 짜증을 굳이 감추려고 하지 않고 엠이 "쉽게 이야기해봐. 그러니까 키스도 안 하고 헤어진다는 거야, 번번이? 그 소리야?" 하고 다그치듯 물었고 에스는 난감했지만, 그 질문 잘했다는 듯 쳐다보는 눈빛들 때문에 대답을 피할 수 없었다. 그는 천천히 고개를 끄덕였다. "그래, 그 말이야"

"그러니까 섹스는 물론 여태 키스도 한 번 안 해봤다는 거야? 그 말이야?" 하고 이번에는 제이가 호들갑스럽게 물었다. "그 말이야" 하고 에스가 다시 대답했다. 엠인지 제이인지가 "왜?" 하고 물었고, 제이인지 엠인지가 "말도 안 돼" 하고 땅이 꺼지기라도 한 것처럼 펄쩍 뛰어오르며 소리 질렀다.

그 소리에 그때까지 오른쪽으로 고개를 15도쯤 기울인 채 잠들어 있던 과장이 부스스 깨어나 똑바로 앉았다. 무슨 일이야? 하고 묻는 듯한 눈빛으로 좌중을 둘러보던 그는 이내 고개를, 이번에는 왼쪽으로 15도쯤 돌리고 눈을 감았다.

엠이 피의자를 다그칠 결정적인 증거를 내미는 형사처럼 오만하게 턱을 들어 올리며 피식 웃었다. "네놈한테 실연당하고 나를 찾아와 하소연한 여자가 한둘이 아니다. 그런 소리 하면 천벌 받는다." 그렇게 말했지만 사실 엠에게 찾아와 하소연한 여자는 한 명이었다. 만취 상태에서 에스로부터 당한 실연의 고통과 구겨진 자존심을 털어놓은 여자는 같은 회사 홍보팀에 근무하는 와이였다. 그녀는 한숨을 쉬다 욕을 하다 자책하다 테이블 위에 얼굴을 파묻었다. 취기가 실연의 상처를 덧나게 하는지, 실연의 상처가 취기를 돋우는지 분간이 안 되는 상황이었다. 그녀의 호소에 의하면 에스는 그녀에게 우리가 사랑한 건 아니지 않느냐고, 내가 언제 그런 말을 한 적이 있느냐고 말했다는 것이었다. 그가 자기에게 사랑한다는 말을 하지 않은 것보다 사랑한다고 말한 적이 있느냐는 질문이 훨씬 쓰라렸다고 말하면서 그녀는 울기까지 했다. "그런데 뻔뻔하게 그런 소리를 한단 말이야?" 엠은 에스를 보며 "교활하고 무자비한 놈" 하고 이를 갈았다. 와이의 넋두리를 들을 때는 미처 깨닫지 못했던 사실이 비로소 깨달아지는 듯했다. 연애를 하면서 상대방에게 사랑한다고 말하지 않은 것은 교활하고, 헤어지기 위해 사랑한다고 말한 적이 있느냐고 묻는 것은 잔인하다고 엠은 생각했다. 제이도 엠에게 동조했다. "지능적이고 상습적이네." 제이의 그 말은 농담 같지 않았다. 아직 30대에 이르지 않은 신입 사원 비는 가만가만 고개를 끄덕였다.

에스는 억울했다. 자기에게 실연을 당했다고? 그는 와이와 세 번 만났을 뿐이었다. 한 번은 커피 마시고 헤어지고, 한 번은 밥 먹고 술 마시고 헤어지고, 마지막은 밥도 커피도 술도 먹지 않고 헤어졌다. 그는 그녀와 두 번째 만난 날을 떠올렸다. 좁은 골목길을 몸을 붙이고 걸을 때 그는 자기 몸이 잔뜩 긴장하는 걸 느꼈고, 이내 여자에게서 풍기는 향수 냄새에서 역겨움을 느꼈다. 그는 곧장 두통과 메스꺼움을 호소하며 헤어졌다. 그러고는 연락을 하지 않았다. 그녀를 생각할 때마다 역겨운 향수 냄새와 함께 메스꺼움이 올라왔기 때문이다. 전화를 받지 않자 일부러 집 앞까지 찾아온 그녀와 2미터쯤 떨어진 채 짧은 대화를 하고 헤어진 것이 마지막 만남이었다. 자기가 사랑한다고 말한 적이 있느냐는 질문은 그때 했었다. 자기에게 어떻게 그럴 수 있느냐고 따지는 그녀에게 사랑한다는 말을 할 만한 사이로 발전한 것은 아니지 않았느냐는 뜻으로 한 말이었다.

에스는 그 여자와 세 번밖에 만나지 않았다고, 엄밀히 말하면 두 번이었다고, 두 번밖에 만나지 않은 여자에게 사랑한다고 말하는 남자가 어디 있느냐고, 그런 남자가 더 이상하지 않느냐고 항의했다.

그의 항의는 받아들여지지 않았다. 변명을 하면 할수록 파렴치한처럼 되어갔으므로 변명을 하지 않아야 했지만 변명을 하지 않으면 파렴치한이라는 걸 인정하는 꼴이 되었으므로 변명을 해야 했다. 그는 사면초가에 빠져 있었다. 어떻게 해도 사면초가에서 빠져나올 수 있을 거라고 기대할 수 없었다. 그는 체념한 것 같은 목소리로 "이러지 마. 나도 괴로워. 그대들이 생각하는 나는 내가 아니야" 하고 중얼거렸다. 그러나 이제 그를 이해할 마음을 접어버린 엠과 제이는 그의 말에 귀 기울이지 않았다. 그들은 큰 소리로 그를 매도하고 자기들끼리 떠들며 술잔을 부딪쳤다. 그들은 자기들이 생각하는 그 말고 다른 그를 바라지 않는 것 같았다.

그때까지 가만가만 고개를 끄덕이며 술자리의 대화를 듣고만 있던 신입 사원 비가 "그러니까 선배는 사랑을 무서워하는 거네요. 사랑에 빠질까 봐 겁내는 거네요. 여자를 만나기는 하면서 사랑은 안 하려고 하는 거네요. 사랑이라고 느껴지면 앗 뜨거, 하며 도망치는 거네요. 그거 병이에요" 하고 판결을 내리는 듯한 목소리로 말했다. 에스는 내가 왜? 하고 받아치려다 말고 무언가에 머리를 얻어맞은 것 같은 둔중한 충격을 받고 입을 다물었다. 그동안 만나온 여자들에게서 받았(다고 여겼)던 실망들을 떠올렸다. 밥을 깨작거리며 먹는다든가 남에게 잘 보이려고 금방 탄로 날 거짓말을 한다든가 입술을 너무 붉게 칠하고 다닌다든가 어색하게 웃는다든가 송창식이나 김광석을 모른다든가 짝퉁 명품을 들고 다닌다든가 비음을 섞어서 말한다든가 상대방의 몸을 건드리며 말하는 버릇이 있다든가 순진한 척 내숭을 떤다든가 대범한 척 쿨하게 군다든가 하는. 그것들은 대개 사소했지만 한번 약점으로 규정되고 나면 심각하고 치명적인 것이 되었다. 돌이킬 수 없는 것이 되었다. 더 큰 문제는 그 약점들이 사소할 뿐 아니라 인위적이라는 것이었다. 약점이라고 할 수 없는 것을 약점으로 만들어 실망을 불러낸다는 것이었다.

그녀와 두 번째 만난 날, 건너편에서 오는 사람에게 길을 비켜주느라 두 사람의 몸이 밀착했을 때, 와이의 팔이 자기 팔에 닿았다고 느꼈을 때, 그녀에게서 역한 향수 냄새를 감지하기 직전에 '진짜 연인같이' 그런다고 느꼈던 것이 생각났다. 그는 역한 향수 냄새 때문에 그녀가 싫어진 거라고 생각했고, 그렇게 믿어왔다. 그러나 신입 사원의 판결에 따르면 '진짜 연인같이'가 이유인 셈이었다. 에스는 손바닥으로 얼굴을 가리고 머리를 숙였다. 그 모습은 판결을 받아들이는 피고처럼 보였다.

그때 마침 탁자 위에 놓여 있던 휴대폰이 진동과 함께 크게 울렸고, 자기 전화라는 걸 어떻게 알았는지 줄곧 자고 있던 과장이 눈을 비비며 일어났다. "알았어. 알았다고. 금방 들어간다니까. 물론 사랑하지. 사랑하고말고. 자길 사랑 안 하면 누굴 사랑해. 참나, 열 번 해줄게. 열 번. 사랑한다. 사랑한다. 사랑한다. 아이고, 사랑한다⋯⋯." 과장은 전화기를 붙잡고 아무 감정 없이, 그야말로 무미건조하게 거듭거듭 사랑한다는 말을 했다. 엠과 제이가 유쾌하게 웃으며 하이파이브를 했다. 과장은 결혼 생활이 어떤 것인지를 짧은 에피소드로 보여주고 있었다. 신입 사원이 속삭이듯 에스에게 물었다. "근데, 뭐가 그렇게 두려우세요?" 주변이 시끄럽고 목소리가 나지막했으므로 그 말을 알아들은 사람은 에스밖에 없었다.

"자, 본격적으로 마셔보자고." 통화를 끝낸 과장이 휴대폰을 탁자 위에 던지고 팔을 걷으며 외쳤다. 모든 것이 삼십 분 전으로 돌아갔다. 삼십 분 동안 시간이 멈춰 있다가 다시 흐르기 시작하는 것 같았다. 혹은 그동안 그 술자리에서 있었던 일들이 실제 일어난 것이 아니고, 과장의 꿈속에서 벌어진 사건이었는지 모를 일이었다. 에스는 깊은 생각에 잠겨 대화에 적극적으로 끼어들지 못했다.

그 자리에 섹스는 물론 키스도 못해본 남자는, 에스 말고는 없었다.

근로자

여느 날과 마찬가지로 7시 30분에 일어난 그는 출근 준비를 시작했다. 세수를 하고 밥을 먹고 거실과 화장실 사이에 붙어 있는 옷방에서 출근용 옷을 찾아 입었다. 그는 여러 벌의 옷 가운데 한 벌을 고르는 데 약간의 시간을 보냈다. 그가 가장 즐겨 입는 옷은 색이 바랜, 그래서 웬만한 사람 눈에는 회색으로 보이는 남색 계통의 재킷이었다. 그는 그 옷을 몸에 걸치고 거울에 비춰보았다. 헐렁해서 꼭 남의 옷을 빌려 입은 것처럼 보였다. "살이 좀 빠진 모양이군." 팔근육을 만들어 보인 다음 그는 혼잣말을 했다. "그래도 나쁘지 않은데." 그는 챙이 큰 모자를 쓰고 앞부리가 해진 구두를 신고 거울에 비친 자기 모습을 살폈다. "나쁘지 않아." 어떤 복장이든 상관없었다. 그러나 어디서나 그렇듯 지나치지 않는 것이 중요했다. 어느 쪽으로든 유난히 돋보이는 복장은 피해야 한다는 것이 그의 생각이었다.

그는 가방을 메고 문단속을 하고 집을 나섰다. 몇 달 전 도둑이 든 이후 그는 자물쇠를 튼튼한 것으로 바꿨다. "도둑놈이 세상에서 제일 나빠. 사람이 성실하게 일을 해야지." 그는 자물쇠를 잠글 때마다 그때 일을 떠올렸고, 그 일이 떠오를 때마다 그렇게 중얼거렸다. 집 앞에서 만난 세탁소 주인과 인사를 나눴다. 세탁소 주인은 세탁물을 배달하러 가는 중이었다. 그는 며칠 전에 맡긴 자기 옷에 대해 묻고 일요일에 입을 수 있게 토요일 저녁에 배달해달라고 부탁했다.

버스를 타고 대여점까지 가는 데 이십 분이 걸렸다. 대여점 앞에는 '모든 것을 대여합니다'라고 쓴 입간판이 세워져 있었다. 그곳에서는 정말로 모든 것을 빌릴 수 있었다. 그는 그 집의 단골이었다. 그는 그곳에서 담요 한 장과 개 두 마리를 빌렸다. 두 마리 개는 그가 나타나자 누운 채 꼬리를 흔들었다. 그것이 그들이 할 수 있는 최대한의 환영 표시였다. 짖지 않은 것은 짖을 성대가 없기 때문이고, 몸을 일으키지 않은 것은 무기력해

저 있기 때문이었다. 두 마리 개는 언제나 나른하고 지친 표정을 하고 있는데, 그 모습이 기이하게도 가끔 철학적이라는 생각을 하게 했다. "잘 아시겠지만, 7시 전에 반납하셔야 합니다. 하자가 생기거나 분실했을 때는 우리 업소의 규정에 따라 보상해야 하고요." 밤에 잠을 자지 못한 듯 대여점의 직원은 두 마리 개와 마찬가지로 나른하고 지쳐 보였다. 그러나 철학적으로 보이지는 않았다. 그는 자기가 5시 30분까지만 일을 하기 때문에 6시쯤에는 반납할 수 있을 거라고 말했다. 그 말은 그가 항상 하는 말이고, 또 한 번도 말대로 하지 않은 적이 없었기 때문에 직원은 그의 말을 귀 기울여 듣지 않았다. "또 필요한 건 없지요?" 그가 고개를 끄덕이자 대여점의 직원은 개를 데리고 가라고 턱짓을 했다. 그는 작은 개는 안고, 큰 개는 끌고 그곳을 벗어났다.

중심가를 향해 걸으면서 그는 "금요일은 성당 앞" 하고 중얼거렸다. 그의 말을 알아들었는지 큰 개가 앞장서서 성당 앞으로 그를 데리고 갔다. 그는 시계를 보았다. 9시 30분. 그의 근무가 시작될 시간이었다. "오늘도 시간을 정확히 맞춰서 왔군." 그의 혼잣말을 들은 사람은 두 마리 개 말고는 없었다. 그는 성당 앞에 담요를 깔고 그 위에 개들을 눕혔다. 그는 개들 옆 맨바닥에 무릎을 꿇고 앉았다. 개들은 훈련받은 것처럼 납작 엎드렸다. 개들은 훈련받은 것처럼 슬픈 표정을 지어 보였다. 나른하고 염세적인 철학자 대신 이제 그들은 동정을 구하는 불쌍한 고아처럼 보였다.

그는 12시 30분에 빵집에 가서 빵을 샀다. 빵집 주인이 빵을 거저 주려고 하자 돈을 주고 계산했다. 빵은 개들과 나눠 먹었다. 바나나 하나를 사서 먹으며 과일 가게 주인과 어제 있었던 프로야구 경기와 곧 단행 예정이라는 제2금융권의 금리 인하에 대해 의견을 교환했다. 그리고 오후 1시 30분까지 그는 개들을 데리고 공원을 산책했다. 개들은 그의 뒤를 따라 생각이 많은 현자처럼 느릿느릿 걸었다. "규칙적으로 운동을 해야 해." 그는 혼잣말을 했다. "규칙적인 생활을 하는 게 무엇보다 중요해." 그의 혼잣말을 듣는 사람은 없었다. 두 마리 개만 그의 말에 동의한다는 듯 느릿느릿 걸음을 옮기면서 머리를 끄덕였다.

오후에도 그는 성당 앞에 같은 자세로 앉아 있었다. 개들도 오전과 같은 자세로 앉아 있었다. 지나가는 사람을 빤히 쳐다보는 개들의 눈빛은 한없이 슬프고 불쌍해 보였다. 사람들은 발걸음을 멈추고, 어쩌면 개들이 저렇게, 하며 감탄하고 담요 자락에 놓인 개의 밥그릇 통에 동전을 던졌다. 그는 사람들이 자기에게 동전을 던지는 것이 아니라 개들에게 던진다는 사실을 알고 있었다. 그가 개들을 보살피는 것이 아니라 개들이 그를 보살피고 있는 꼴이었다. 그러나 그는 사람에게는 던지지 않는 동전을 개들에게 던지는 세상에 불만을 갖지 않기로 했다. 사람들은 개의 아픔을 더 아파하고 개의 슬픔을 더 슬퍼했다. 사람들의 마음이 무엇을 향해 더 움직이는지 알게 된 그는 시대의 변화에 빠르게 적응했다. 그는 나름대로 자기 업무에 일가견이 있는 사람이었다. 얼마 전까지만 해도 그가 대여점에서 빌리는 것은 선글라스와 의족이었다. 그러나 사람들은 더 이상 그런 것에 반응하지 않았다. 오히려 거북해했다. 그는 시대의 변화와 고객들의 마음을 사로잡을 더 효과적인 대책을 강구하는 데 주저하지 않았다.

그는 정확히 5시 30분에 담요를 걷고 개들을 일으켜 세웠다.

"하루 일과가 끝났다. 가자." 그는 개들의 머리를 쓰다듬으며 말했다. 개들은 그의 말을 알아들은 듯, 그러나 하루 동안의 노동에 지친 듯 아주 느리게 꼬리를 흔들었다. 대여점 직원은 소득이 좋았느냐고 물었다. 그는 "이놈들 덕분에" 하며 개들을 가리켰다. 다음에는 다리 저는 놈을 한번 이용해보라고 직원이 권했지만 그는 고개를 저었다. "아니, 이놈들이면 충분해요. 지나치면 탈 나요. 애들도 너무 매가리 없게 하지는 말고." 직원은 감탄사를 토해내는 입 모양을 하고 그를 보았다. "내일은 안 나오지요?" 그가 당연하다는 듯 대답했다. "토요일이니까." 직원은 "그럼 월요일에 봐요" 하고 인사했다. 그는 월요일이 아니라 화요일에 오겠다고 대답했다. 직원이 왜요? 하고 묻는 듯한 표정으로 그를 쳐다보았다. 그는 벽에 걸린 달력을 손가락으로 가리키며 말했다.

"월요일, 근로자의 날이잖아."

튼튼한 구두

톨스토이는 오래 신을 튼튼한 구두를 주문하러 온 손님에게 그가 원하는 구두 대신 관 속에 들어갈 때 신을 슬리퍼 한 켤레를 만들어주는 미하일에 대해 들려준 적이 있다. 미하일이 그렇게 한 것은 그 손님 뒤에 그 사람을 데리고 가려고 서 있는 죽음의 천사를 보았기 때문이다.

죽기 일주일 전에 케이는 구두를 한 켤레 샀다. 일주일 후에 죽을 사람이지만 3년 신어도 해지지 않는다고 선전된, 양질의 가죽으로 만든 튼튼한 제품을 샀다. 일주일 후에 죽을 거라는 사실을 몰랐기 때문이다.

죽기 일주일 전에 제이는 구두를 한 켤레 샀다. 일주일 후에 죽을 사람이지만 3년 신어도 해지지 않는다고 선전된, 양질의 가죽으로 만든 튼튼한 제품을 샀다. 일주일 후에 죽을 수도 있다고 예감하면서도, 이 땅에서 그의 생이 길어야 세 달, 짧으면 일주일일 수도 있다는 선고를 받았음에도 그랬다.